CORAÇÕES DE PAPEL

NELSON MOTTA
CORAÇÕES DE PAPEL

1ª edição

EDITORA RECORD
RIO DE JANEIRO • SÃO PAULO
2024

CIP-BRASIL. CATALOGAÇÃO NA PUBLICAÇÃO
SINDICATO NACIONAL DOS EDITORES DE LIVROS, RJ

M875c   Motta, Nelson, 1944-
            Corações de papel / Nelson Motta. - 1. ed. - Rio de Janeiro :
         Record, 2024.

         ISBN 978-85-01-92054-6

            1. Motta, Nelson, 1944- - Correspondência. 2. Cartas brasilei-
ras. I. Título.

24-89139   CDD: 869.6
                                  CDU: 82-6(81)

Gabriela Faray Ferreira Lopes - Bibliotecária - CRB-7/6643

Copyright © Nelson Motta, 2024

Indicação editorial e coedição: Isa Pessoa

Todos os direitos reservados. Proibida a reprodução, armazenamento ou
transmissão de partes deste livro, através de quaisquer meios, sem prévia
autorização por escrito.

Texto revisado segundo o Acordo Ortográfico da Língua Portuguesa de 1990.

Direitos exclusivos desta edição reservados pela
EDITORA RECORD LTDA.
Rua Argentina, 171 – Rio de Janeiro, RJ – 20921-380 – Tel.: (21) 2585-2000.

Impresso no Brasil

ISBN 978-85-01-92054-6

Seja um leitor preferencial Record.
Cadastre-se no site www.record.com.br
e receba informações sobre nossos
lançamentos e nossas promoções.

Atendimento e venda direta ao leitor:
sac@record.com.br

Amamos não quem os nossos olhos enxergam, mas quem nosso coração demanda. O ser amado é, quase sempre, uma invenção indulgente de quem ama.

José Eduardo Agualusa

Sumário

A pasta azul	9
Corações de papel	13
Epílogo	155

A pasta azul

No final de 2014, recebi em casa um pacote com uma pasta azul contendo uma coleção de dezenas de cartas manuscritas e datilografadas, cada uma dentro de uma capa de plástico, organizadas por ordem cronológica, com um bilhete de uma amiga que não via há muito tempo. Ela contava que, depois de cinquenta anos, havia encontrado aquelas cartas que eu mandara para ela quando vivemos um romance juvenil durante 1964/65. Ela tinha relido algumas. E se disse surpreendida com, digamos, a qualidade da escrita e da emoção da narrativa. Afinal, estávamos com apenas 20 anos.

Epa! Nunca mais havia pensado nisso, e muito menos que ela pudesse ter guardado as cartas todo esse tempo. Nos falávamos eventualmente, nossas filhas eram colegas e amigas, eu a admirava como uma cabeçorra de respeito, culta e rigorosa, escritora de três romances e filha de um dos maiores críticos literários do Brasil. Bem, se até ela gostou, encontrou algum valor, é capaz de ter mesmo, admiti meio incrédulo. Telefonei para agradecer, ela disse que as cartas eram boas mesmo, tinham potencial, e comentou rindo com *finesse*:

"Como eu era chata!"

Dei uma folheada na pasta e guardei numa gaveta. Não quis ler. Tenho medo de me emocionar, foi o que disse às minhas filhas e namorada, embora isso não fizesse nenhum sentido. Mas, afinal, não é emoção que se quer da vida?

As cartas ficaram esquecidas até a pandemia, em 2020, quando comecei a escrever minha autobiografia, *De cu pra lua: dramas, comédias e mistérios de um rapaz de sorte*, e me lembrei da pasta, para talvez usar algum material das cartas em algum capítulo de minha juventude, quando era aluno de Design e vivi um romance com duas garotas durante um ano.

Em vão. Revirei a casa inteira, armários, gavetas, muita coisa acumulada nos últimos vinte anos. Virou uma obsessão, um desafio, mas nada da pasta... Aceitei a perda.

Só em 2022, quando fechei o apartamento de Ipanema e me mudei para Lisboa, encerrando um ciclo de minha vida, a pasta apareceu na mudança. Entendi como um sinal para finalmente me emocionar sem medo e escrever este romance de amor intenso e sincero como a juventude, em um tempo de grandes transformações.

Corações de papel

Rio de Janeiro, 2 de março de 1964

Depois de passar no vestibular para a Escola Superior de Desenho Industrial, conquistando uma das trinta vagas entre mais de setecentos candidatos, me esbaldei no melhor Carnaval da minha vida. Valeu a pena ter passado as férias estudando. Com 20 anos, finalmente tinha encontrado uma carreira que me interessava: projetar formas de móveis, carros, eletrodomésticos, ou aprender comunicação visual de ponta, criar marcas, capas de livros e discos, cartazes, todo um novo mundo de possibilidades no Brasil de 1964, em que a indústria importava formas estrangeiras e a comunicação visual se confundia com a publicidade, as artes gráficas e as belas artes de outrora. A Escola era moderna, de orientação alemã, na tradição da Bauhaus, onde não se falava em arte, só em funcionalidade e tecnologia da forma dos objetos para produção industrial e, mais que a beleza, se discutiam a eficiência e a objetividade das formas e cores e sua adequação. Design não como desenho em inglês, mas sinônimo de projeto visual ou de um produto industrial. Pouca gente no Brasil sabia disso.

No primeiro dia de aula, sob um sol escaldante, cheguei às 7h30, mas já estava acordado desde as 5h. A primeira pessoa que encontrei foi meu melhor amigo, Renato, apelidado de Oscarito por sua semelhança com o lendário comediante das chanchadas. Ele tinha estudado com Ivan Serpa e queria ser pintor, o que não era uma profissão aceitável para sua família, então o mais próximo era o design. Já eu tinha me apaixonado pela música ao ouvir João Gilberto pela primeira vez, e, apesar de meus esforços estudando violão, não fui correspondido: meu ouvido era ruim, meu ritmo precário, meu talento musical escasso. Logo percebi que não teria futuro como músico, talvez como letrista, e comecei uma parceria com Dori Caymmi. Como também não era uma profissão viável para mim, optei pelo design e suas possibilidades criativas. Afinal, desde criança, o desenho parecia o mais próximo dos meus dons naturais...

Lá estavam os dois baixinhos, encostados no portão de entrada, fumando e observando os novos alunos que chegavam, especialmente as meninas. Assim à primeira vista, nenhuma chamava a atenção, mas eu já conhecia os efeitos da convivência escolar mista. No primeiro dia, nenhuma menina parecia bonita, tudo bagulho, como diziam os garotos com desprezo; com o convívio, no final do ano viravam todas princesas desejadas, cada uma com seu charme e sua graça, fazendo os hormônios dos adolescentes ferverem.

O horário era puxado: das 7 da manhã às 7 da noite, com duas horas de almoço. Mas ninguém reclamava, era tudo muito novo e interessante, e a convivência intensa, nas aulas, nos trabalhos de grupo e no botequim da esquina nos intervalos.

Um mês depois do início, as aulas foram suspensas no dia 1º de abril. Um golpe apoiado pelos partidos conservadores, as elites econômicas e a Igreja Católica destituíra o presidente João Goulart, e os militares tomaram o poder, cassando o mandato de dezenas de parlamentares e perseguindo lideranças políticas, sindicais, acadêmicas e estudantis de esquerda, todos acusados de integrar uma grande conspiração para instalar o comunismo ateu no Brasil.

Na Escola, nada mudou, o assunto não foi muito discutido. Os militares prometiam convocar eleições para outubro, depois de um expurgo político dos "subversivos" e "corruptos". A maior parte dos estudantes não estava interessada em política, mas em teoria da comunicação, cibernética, artes gráficas, ergonomia, lógica matemática, cores complementares, tipologias, fotografia, história da arte e cinema, muito cinema, a arte do século XX. Eu estava entre eles.

Duas semanas antes do golpe, eu havia visto *Deus e o diabo na terra do sol*, de Glauber Rocha, um baiano de 24 anos, numa sessão especial no gigantesco Cine Ópera, na praia de Botafogo, e ficara impressionadíssimo com a beleza e a modernidade do filme e com a reação da plateia, que aplaudiu várias cenas empolgantes em tela aberta e ovacionou de pé a corrida final em direção ao mar. Também era frequentador assíduo do Cine Paissandu, na esquina de minha casa, vendo e discutindo filmes da Nouvelle Vague francesa e do cinema italiano, Fellini, Visconti, Antonioni, além de Bergman, Buñuel, Kurosawa... A pintura, a escultura, o teatro e a literatura estavam superados: o cinema somava todas as artes.

Dois meses depois, tudo havia mudado, pelo menos na visão dos meninos sobre as meninas. Elas foram ficando mais atraentes. Algumas tinham um jeito gostoso de falar, sotaques mineiros e paulistas, outras, cabelos longos e lisos, curtos e cacheados, algumas com olhares profundos, bocas bem desenhadas, sensuais, narizinhos adoráveis ou narizes italianos estilosos, outras tinham corpos bonitos e demonstravam inteligência, cultura e humor. Enfim, os meninos começavam a descobrir, e a comentar, os atributos das colegas, que certamente faziam o mesmo sobre eles. Não eram menininhas bobas e infantis de 20 anos. Para passar num vestibular brabo daqueles, tinham que ter boas cabeças e cultura sólida, tão boas ou melhores do que grande parte dos meninos, que ainda eram maioria nas salas.

Algumas, de tão interessantes, se destacavam, como a mineirinha Silvia, com seu look beatnik, cabelos curtíssimos, casaco de couro preto, óculos escuros, botas pesadas e papos filosóficos. Era a mais moderna, tinha um charme meio existencialista, não se incomodava com palavrões e tudo indicava não ser mais virgem, dizia Renato, com ar professoral. Silvia confirmou as expectativas: em pouco tempo, estava namorando um professor bem mais velho. Discretamente, mas todo mundo sabia. E admirava sua coragem e liberdade.

Renato logo havia identificado uma morena bronzeada, de cabelos negros longos e lisos, com um nariz esculpido e lábios carnudos cor de açaí. Sonia era filha de um grande jurista que, por acaso, morava no mesmo prédio que minha família, na rua Paissandu, mas eu nunca a achara tão linda quanto Renato dizia. Apaixonou-se perdidamente e logo desfilavam de mãos dadas pela Escola.

A Escola era uma vila no Centro da Cidade, em frente a um quartel da PM, cercada por um muro, com duas fileiras de casinhas separadas por uma rua de paralelepípedos. Para atender o espírito germânico e austero, foram todas pintadas de cinza-escuro. E ganharam dos alunos o apelido carinhoso de "campo de concentração".

Tive minha atenção atraída por uma paulista branquinha de cabelos escuros, magrelinha, mas com belas pernas, olhos vivos e um rosto de uma beleza clássica e aristocrática. Muito tímida e discreta, estava sempre com uma amiga lourinha, filha de embaixador. Ana Luisa não conhecia ninguém no Rio e morava com os tios em Copacabana. Seu pedigree intelectual era assustador: o pai, alto crítico literário e catedrático de Literatura, e a mãe, de Estética. Ana Luisa queria ser bailarina, mas, achando que a dança não seria uma profissão viável e aceitável para sua família, trocou a comunicação corporal pela visual e encontrou na Escola uma possibilidade criativa mais próxima de sua sensibilidade artística.

Comecei a me aproximar dela nos intervalos, com pequenos comentários culturais. Cinema principalmente. Ela tinha um sotaque paulista e falava uma linguagem que parecia bem antiquada para uma jovem de 20 anos. Nada de gírias, muito menos palavrões. Detestava vulgaridades. Um dia, eu disse que alguém era bicha e ela logo corrigiu: adamado.

Numa longa viagem de ônibus, do Centro a Copacabana, trocamos discretas confidências. Eu me gabando de frequentar os bares do Beco das Garrafas para ouvir bossa nova, dizendo que era amigo de Vinicius de Moraes e Ronaldo

Bôscoli, de Nara Leão e Roberto Menescal, escrevia letras para Dori Caymmi, filho do Dorival. Conhecia João Gilberto! Ela se impressionava com um mundo tão diferente do seu, e talvez a contragosto se sentisse atraída pelo meu jeito carioca e sua linguagem cheia de gírias e coloquialismos, mesmo que às vezes um pouco vulgar para seu gosto.

Antes de chegar a Copacabana, finalmente perguntei sobre namorados. Ela não tinha, nunca teve. Nunca havia dado um beijo na boca. Fiquei chocado. Uma mulher de 20 anos, com aquela boca tão linda. Eu tinha beijado muitas bocas, conhecia os prazeres do sexo desde os 14 anos, me considerava experiente em beijos. E mais grave: beijava intensa e frequentemente minha namorada Leninha, uma adorável lourinha de olhos verdes, que morava no Leblon. Nós dois nos agarrávamos nos cantos escuros das festas e fomos evoluindo para a mão na coisa, a coisa na mão, mas não passávamos disso. Ela era da turma da música, tocava violão, adorava João Gilberto, e tínhamos começado a namorar havia um ano. Mas alguma força estranha me atraía para Ana Luisa, tão diferente dela e de mim, balançando meus valores amorosos e meu mundinho carioca.

Estávamos sempre juntos na Escola, em discussões sobre cultura e comportamento, mas meu olhar mudou quando a encontrei na praia. Os cabelos negros ao vento, a pele muito branca e um surpreendente biquíni preto mínimo que contrastava com o seu declarado recato e revelava um belo corpo de bailarina, com a cintura fina e pernas maravilhosas, me deixaram transtornado. Subimos até o ponto mais alto das pedras do Arpoador, ela estava feliz, fazia piruetas e movimentos de balé clássico, cercada pelo mar azul, com o morro Dois Irmãos e a floresta verde ao fundo. Descemos de mãos dadas. A atração ganhava novo patamar. Irresistível.

Das mãos dadas e declarações de amor ao primeiro beijo foi uma longa trajetória, ela era travada, tensa, amedrontada, apertava os lábios com força nos meus, mas hesitava em abrir a boca. Qualquer carícia que se aproximasse de zonas erógenas do corpo era delicadamente afastada. Mesmo assim eu gostava, sentia meu amor correspondido, do jeito que ela conseguia. Era só o início.

Precisava mostrar a ela, e a mim mesmo, que era um intelectual, que tinha lido muitos livros e visto muitos filmes, visitado duas vezes os grandes museus europeus, com opiniões sobre tudo, sempre a favor do que considerava mais moderno e de vanguarda, como a pop art que explodia em Nova York com Jasper Johns, Robert Rauschenberg e suas estilizações de histórias em quadrinhos, as históricas latas da Campbell Soup e os retratos de celebridades de Andy Warhol. Não perdia um filme da Nouvelle Vague francesa, Godard, Truffaut, Louis Malle, Alain Resnais; os primeiros do Cinema Novo, *Os cafajestes*, de Ruy Guerra; *Vidas secas*, de Nelson Pereira dos Santos; *O padre e a moça*, de Joaquim Pedro de Andrade; *Barravento*, de Glauber Rocha; lia Drummond, Bandeira, João Cabral, Jorge Amado, Dalton Trevisan, Hemingway, Fitzgerald, Nelson Rodrigues, enfim, me considerava um intelectual em formação, ou um "intelectuerda", como debochava minha amiga Cotinha. Mas eu queria mais. Com 20 anos, sempre se quer muito mais.

Ana Luisa era a oportunidade e o estímulo para desenvolver minha cabeça e crescer. Ela gostava de conversar e discutir, com formação e ideias muito diferentes das minhas sobre cultura e comportamento. Era clássica nas artes e conservadora na vida. Muito conservadora. Um desafio permanente para o liberal e progressista que eu era, nas artes e na vida, desejando liberdade e independência. Com fome de beleza e aventura. E de amor e romance.

Com Leninha, o melhor eram os beijos e amassos; a troca de ideias incluía quase só a música e o mundo musical. Nas conversas intermináveis com Ana Luisa, discutíamos valores morais, costumes, filosofia, literatura, movimentos artísticos e sociais, e até design. Já os beijos eram breves e os amassos, escassos. Teoricamente elas eram complementares, dizia Renato, cínico: eu deveria ficar com as duas. Não seria tão difícil, elas viviam em mundos e bairros muito diferentes, tão distantes como o Flamengo do Leblon! Passava a semana com Ana Luisa na Escola e às vezes saía à noite com Leninha, me dividindo e mentindo nos fins de semana com a família. Às vezes, me sentia um canalha vocacional de Nelson Rodrigues.

O equilíbrio de forças mudou quando os beijos com Leninha romperam a última fronteira, numa tarde de amor em um ateliê que Renato tinha alugado no 12º andar de um prédio decrépito de Copacabana, com o elevador permanentemente quebrado, exigindo uma penosa subida pelas escadas. Mas subimos rápido e ansiosos, e tivemos fôlego para fazer amor a tarde inteira. Ela queria tanto quanto eu, ninguém estava arrependido de nada, tinha sido maravilhoso, mas a maldita culpa católica implantada pelos jesuítas não saía de mim, dali em diante me sentia moralmente responsável por ela.

Antes do fim do ano, fui delatado para Ana Luisa e entrei em pânico, tentei negar, disse que estava terminando o namoro, que tinha dificuldades em romper com Leninha, que não a amava mais, mas não fui perdoado. Para os padrões de exigência de Ana Luisa, foi um choque, e logo com o primeiro namorado. Então o amor era isso? Leninha não sabia de nada, talvez desconfiasse de um certo distanciamento e desinteresse. Mas continuei me encontrando com Ana Luisa na Escola e cortejando-a, mesmo estando claro que não haveria possibilidade de uma volta sem que eu rompesse com Leninha, o que eu não conseguia fazer.

No final do ano letivo, por displicência e excessiva dedicação aos seus romances, os apaixonados Renato e Nelsinho foram reprovados e teriam que abandonar a Escola, que não admitia repetentes – as vagas eram poucas e muito disputadas. A única forma de voltar à Escola seria fazer um novo vestibular contra setecentos candidatos. Sonia e Ana Luisa haviam passado de ano. E não só: Ana Luisa passaria o ano seguinte na Europa com a família, acompanhando o pai, que daria aulas em universidades de Paris, Roma e Lisboa. Fiquei arrasado. O acaso tinha escolhido por mim. Ou não: agora que não teria mais Ana Luisa, mais a queria. Fui me despedir dela no aeroporto e prometi que escreveria muitas cartas, mesmo que levassem uma semana para chegar.

Começava a invenção de um amor. E de um romance.

Rio de Janeiro, 12 de janeiro 1965

Minha linda Ana Luisa,

Tudo bom? Olha, o "minha" acima é modo de dizer. Talvez por ser ainda um pouco seu, me julgo com o direito de te sentir um pouco minha (sem aspas).

Pode ser que neste momento você nem se lembre mais de mim, e talvez até ache meio ridículo eu estar falando de coisas tão distantes, mas não adianta aceitar ou negar: é fato. Uma série de pequenas coisas desimportantes me prendem irremediavelmente a você e, querendo ou não, ainda ficarei nesse estado algum tempo.

Você sabe o que é uma cidade vazia, sem charme algum? Eu sei. Não quero mais falar nisso que, de uma maneira ou outra, pode entristecer quem eu nunca quero ver triste.

Vi o filme do Ruy Guerra, *Os fuzis*, que você detestou. És uma debiloide completa e irrecuperável. O filme é forte, corajoso, viril, me tocou tão fundo que mexeu com minhas convicções políticas ao mostrar um mundo tão feio e triste e injusto que eu não pensava existir. Acho que vou começar a fazer música de protesto...

Por aí você vê que estou negando minhas antigas teorias sobre a leviandade dos jovens em relação à política e tal e coisa.

Continuo achando seu amigo Chico Buarque um grande letrista, um músico mediano e um cantor bem ruinzinho. Tenho feito algumas letras para o Dori Caymmi. A última delas vou lhe mostrar, não tem nada de protesto, é só lirismo e melancolia, entre a política e o amor vence por infinito x menos infinito.

> "[...] e veio a tristeza mais funda,
> e a vontade de rever
> os lugares amigos,
> as histórias antigas,
> que o tempo guardou.
> Foi então
> que, pelos caminhos sem volta,
> voltei para te encontrar,
> estavas triste e sozinha,
> quase tanto quanto eu.
> Choramos juntos
> o tanto que sofremos sós
> por lembrarmos sós
> o tanto que amamos juntos,
> a tristeza dos teus olhos
> são lágrimas nos olhos meus
> porque a dor que te entristece
> me dói mais do que em você.
> Vamos caminhando lado a lado,
> pra onde ainda não sei,
> sei apenas
> que te encontrando
> me encontrei."

Todos os meus beijos, se você quiser.

Nelsinho

Não era nenhuma letra para música de Dori, apenas um pretexto para mandar um poema que esperava que fosse direto ao coração de Ana Luisa, sem dizer que era para ela. E seguia o conselho de Nelson Rodrigues aos jovens: envelheçam logo. A resposta veio rápido, com elogios animadores. Dois dias depois, mandei nova carta. Manuscrita.

Rio de Janeiro, 14 de janeiro de 1965

Minha linda Ana Luisa,

Tudo bom? Aqui tudo certinho.

Fiquei muito contente ao ver que você ainda não esqueceu de mim.

Quer dizer que está adorando tudo, não é? Tem ido muito ao Opera, ao Louvre? Claro, a intelectualidade francesa te espera de braços abertos, para te "corromper". Uma boate de vez em quando não faz mal, e, além do mais, Paris é ótima para programas alienados, principalmente passear a esmo, com ou sem namorado. Com é melhor.

Se você encontrar algum "jovem intelectual" por aí, dê lembranças minhas, não importa quem seja. Detesto "gênios sem banho". Se eu souber que você está namorando algum desses, ocludo, barbudo, meio sujo e incompreendido, brigo pra sempre com você. Será que não encontra alguém meio malandro e folgado, e cheiroso (como eu) por aí?

Desculpe, mas hoje estou tão sem assunto e tão BURRO que fico até com vergonha de lhe escrever. Só sei que estou sentindo muito a sua falta. É, ainda hoje minha vida é um pouco a sua.

Foi tão difícil te amar,
mais difícil te saber,
imagine te esquecer.

Eu não deveria falar isso, deveria colaborar, mas tenho que dizer que você ainda é um pouco minha amadinha. No mais, tenho ido sempre à praia. Mas também estou trabalhando com o Otaviano nos rótulos de seis latas de lubrificante, estão tomando forma. Feliz.

O seu "corpo bonito" está sentindo muito frio? Aqui, calor do cão. Você já teve as tais "conversas seríssimas" com Papai e Mamãe? Então me conte.

Ontem, lendo um livro do Mário de Andrade, encontrei completa aquela beleza que lhe disse um dia:

"A tarde se deitava nos meus olhos
E a fuga da hora me entregava abril,
Um sabor familiar de até-logo criava
Um ar, não sei por que, te percebi.

Voltei-me em flor. Mas era apenas tua lembrança.
Estavas longe, doce amiga; e só vi no perfil da cidade
O arcanjo forte do arranha-céu cor-de-rosa
Mexendo as asas azuis dentro da tarde.

Si acaso a gente se beijasse uma vez só...
Ontem você estava tão linda,
Que o meu corpo chegou.

Sei que era um riacho e duas horas de sede,
Me debrucei, não bebi.
Mas estou até agora desse jeito,
Olhando quatro ou cinco borboletas amarelas,
Dessas comuns, brincabrincando no ar.
Sinto um rumor..."

Lindo demais, né? Queria muito ter escrito alguma coisa assim para você. Vontade não faltou. Só o tal do talento. Quem sabe um dia?

Você em carta é muito formal. Relax.

Um beijo (injustificável) do ainda um pouco seu

Nelsinho

Rio de Janeiro, 2 de março de 1965

Minha, de novo, e espero que para sempre, linda Ana Luisa, não leia esta carta antes da outra que te mandei hoje de manhã. Você deve receber as duas juntas. Pare aqui e espere. Leia a outra. Vai ver a diferença entre o Nelsinho de ontem à noite e o de hoje.

Estava saindo para a Escola quando o porteiro me deu uma carta com o seu indefectível envelope verde. Tremi na base. Mas não alimentei muitas ilusões. Na certa seria uma nova catilinária conservadora.

NÃO ERA!!!

"Meu Nelsinho lindíssimo de Ana Luisa"

Confesso que fiquei meio sem entender. Ah, deve ser uma carta de um mês atrás que o Correio esqueceu. NÃO ERA!!! Estava lá a data, 22 de fevereiro.

Então era verdade: Ana Luisa me amava de novo.

QUE COISA MAIS LINDA IRREAL ALUCINANTE FANTÁSTICA MARAVILHOSA!

O tanto que você me fez sofrer, ou que eu sofri por você, em momento algum alterou o meu amor. E como a dor da pessoa amada dói mais em nós, e a minha era imensa, e como você me amava, imagino a dor que deve ter sentido. Quem deve sentir pena sou eu de você, e não você de mim. Pelo seu raciocínio, a sua dor deve ter sido maior do que a minha. Então pena de 1.000 flexões para você e 900 para mim...

Para que a comunicação seja eficiente, é preciso que o emissor e o receptor falem a mesma linguagem e entendam todas as palavras com um só sentido. Mas comunicação por palavras absolutamente eficiente e sem dar margem a interpretações é impossível.

Solução: a linguagem muda do amor não admite interpretações dúbias e dispensa explicações complementares.

Antonioni tem uma certa razão: fora do amor não há possibilidades de comunicação verdadeira.

Às vezes, a palavra atrapalha muito.

A sua primeira e desastrada carta, de tanto ler e levar de um lugar para outro, acabou manchada de manteiga, rasgada, molhada e, finalmente, graças a Deus, perdida entre meus papéis velhos. Mas ainda a sei de cor.

Meu pai e minha mãe vão a Genebra, ele é advogado de um empresário brasileiro que mora lá há muitos anos e foi cassado pela ditadura sem sequer saber se foi acusado de subversão ou de corrupção. Apesar de inocente das duas acusações, ele acha que tem poucas possibilidades de reverter. Já apelou a todos os juízes e autoridades. Mas dizem que é "ato revolucionário", portanto arbitrário e irreversível.

Talvez, quando você voltar da Grécia, eles possam te encontrar em Paris levando todos os meus beijos e carinhos.

Estou muito orgulhoso de você gostar de mim "por causa" do que sou. O amor certo para a pessoa certa. Não fale muito nisso senão posso ficar muito convencido. Um pavãozinho...

Minhas leituras, ah!, provocariam inveja em qualquer um, não só em você.

Histoire du cinéma mondial, Georges Sadoul. Em francês. Vê como estou alargando meus horizontes linguísticos? Agora posso ser mal interpretado por você em várias línguas...

Mass communication, esqueci o autor, tem na biblioteca da Escola. Indicado pelo Décio Pignatari.

Dois estudos de Lukács, emprestados pela Silvia, adorável beatnik marxista. É incrível. Ele destrói Joyce e cia. É controverso. Pergunte a seu pai.

Memórias sentimentais de João Miramar, Oswald de Andrade. Dá bem a dimensão da importância do Oswald, linguagem nova, genial. Pergunte a seu pai, aliás, a apresentação do livro é dele.

Revisão de Sousândrade, Augusto e Haroldo de Campos, recomendadíssimo pelo Décio Pignatari. Um poeta visionário e fantástico, avançadíssimo, nascido em 1902 em São Luís, no Maranhão. Um fenômeno. Mas, por sua complexidade genial e fora do tempo, estaria condenado a um eterno anonimato não fosse o espírito de pesquisa de Augusto e Haroldo. Pergunte a seu pai.

Muitos beijos e todo amor,

Nelsinho

A carta escrita na noite anterior, que ela deveria ler antes, era a seguinte:

Rio de Janeiro, 2 de março de 1965

Ana Luisa,

Mais uma vez volto a te chatear com as besteiras que passam por minha cabeça confusa.

É que te amo tanto, preciso tanto de você, que é muito difícil passar um dia sem te dizer alguma coisa.

Se antes eu já estava triste por estar separado fisicamente de você, imagine agora, que nossos corações também estão separados.

Já te disse que, mesmo se um dia deixasse de te amar, ou vice-versa, lembraria para sempre tudo de bom que nos mostramos, o mundo maior que passamos a ver, os valores novos que descobrimos, as tristezas divididas, e também as brigas e discussões sem fim, aprendendo a conhecer melhor as pessoas e aceitá-las como são.

Hoje minha tristeza é você. Com quem dividi-la? Acho que seriam necessárias várias Anas Luisas para repartir comigo esta tristeza tão grande.

Não pense que essa história de você me desamar impediu que eu fizesse os dois trabalhos mais brilhantes do mês na nossa classe. Num raro momento de lucidez, ou delírio, pensei que, se eu os fizesse bem, te faria um pouquinho feliz. Foi bom. Enquanto trabalhava, pensava na "minha" Ana Luisa. Tudo correu maravilhosamente bem, inspiração e dedicação, mas quando terminei lembrei que a "minha" Ana Luisa não existe mais. Como é difícil me acostumar com essa ideia.

Às vezes, para me consolar, penso que não ser amado é só uma falta de sorte, mas não amar é uma infelicidade. Ninguém melhor que você sabe o que penso a respeito de amar/ser amado. Lembra a primeira vez que conversamos num ônibus para Copacabana? Te falei de corações que não amam murcharem como passas. Tudo isso me parece tão distante...

Digo isso para que você continue me escrevendo, mesmo que apenas como amigo (mas como dói esse rebaixamento). Enquanto você me considera, espero, seu amigo, para mim você ainda é minha namorada. Posso me dar esse direito por te amar tanto, mas tanto, que me julgo com força suficiente para mudar o significado das palavras e das coisas. Como se vê, um alienado total. Alienação voluntária. Causa: amor demais. Cura: não tem. Solução: comprar uma plantação de bananas.

É capaz de você estar achando meio melodramático, mas juro que tudo que eu lhe disse e lhe digo é reflexo do que vai no meu coração. Se existisse uma radiografia da alma, você veria. O resto vai por conta da dificuldade de expressão natural nos humanos e particularmente nos apaixonados.

Há tanta coisa mais para falar... mas essas são impossíveis de traduzir em palavras. Uma simples olhadinha sua nos meus olhos diria tudo e mais alguma coisa.

Perdoa se meu amor te chateia, ele é grande demais para ser contido.

Nelsinho

PS: Se encontrar a "minha" Ana Luisa por aí, diga-lhe que todo meu pensamento é dela. Meu hoje e meus amanhãs também.

Rio de Janeiro, 4 de março de 1965

Minha linda Ana Luisa,

Tudo bom e lindíssimo?

Tenho grandes notícias, que provavelmente te farão feliz.

Destruí os alemães no vestibular. Fui primeiro lugar absoluto nas provas escritas e fiz uma entrevista ótima. O pior deles, Bergmiller, se disse muito impressionado com minha "fibrra, corrazon, vontade de vencerrr".

Tudo porque no final da entrevista ele fez a última pergunta: "Caso você não passe, o que pretende fazer?"

E eu respondi olhando nos olhos azuis dele: "Vou estudar o ano inteiro e fazer concurso de novo, nesta ou em alguma outra escola de design."

Até ele se comoveu. Zuenir e Flávio de Aquino, que estavam na banca, vibraram. Décio Pignatari me cumprimentou efusivamente.

Fiquei muito contente de ver que gostam de mim lá. Vários colegas do primeiro e do segundo ano me assistindo todos os dias em todas as provas. Tremendo apoio moral. Ana Maria, Dário, Joãozinho, André, Heitor, Ferdy, Pini, Otaviano, Roberto, Vicente, Teresa, Zé Maria e mais um monte de gente que não tinha nada a fazer a não ser torcer por mim. Foi bonito.

A Ceres da secretaria sempre me informou as notas das provas em primeira mão. Muito bacana.

Fui muito bem de Carnaval. Vi o desfile das escolas de samba da arquibancada. Uma coisa de louco. Fiquei totalmente transtornado, perdi todo e qualquer recato. Foi lindo!

Contadas as novidades, passo a responder às acusações de sua linda carta que encheu meu coração de alegria.

Desta vez, estou feliz demais para sofismar como de costume. A maioria das acusações procede.

De fato, é um orgulhozinho bobo mesmo. Pensei: se mando esta carta cheia de declarações de amor e a Ana Luisa não gosta mais de mim, é capaz dela pensar "mais um fã que não me esquece...".

Desculpe ter pensado tanta burrice e lhe atribuído uma atitude que, eu já devia ter aprendido, você nunca tomaria. Provavelmente estava falando de mim mesmo.

É que eu estava bêbado de amor e de saudades de você.

Você está certa quando diz que eu estava em um momento infeliz de expressão ao me considerar irremediavelmente ligado a você por pequenas coisas. O que eu quis dizer é que, além das coisas enormes e lindas que me unem a você, existem também as pequenas coisas. O sorvete que tomamos juntos no Morais, o filme dos Beatles, alguma palavra que você usa e alguém diz, a moça que passa com um biquíni parecido com o seu, os lugares por onde andamos de mãos dadas me trazem você a cada instante. Trazem e levam em um segundo.

Logo agora que mais preciso de você ao meu lado para vencermos juntos o que aparecer. Este ano vai ser duríssimo para mim, com você aqui já seria, imagine sem.

Li como um doido essas férias inteiras. Queria, e tinha obrigação de "dar um banho" no vestibular. Dei.

E como li muito e exercitei meu espírito, ando atualmente muito inteligente. Estou com um tigre dentro de mim, como na publicidade da Shell.

Mudei muito nesses tempinhos que nos separam, acho que você gostaria de ver como estou agora.

Mas não há de ser nada, só espero que nosso amor seja forte o bastante para aguentar esses nove meses e alguns milhares de milhas. Até lá, vou te amando, sozinho, o mais que posso e sou capaz.

Todo meu amor e meu carinho,

Milhões de beijos,

Nelsinho

PS: Por favor me mande uma fotografia bem linda. Obrigado.

PS 2: Hoje estive na Escola para fazer a matrícula. Olhei durante muito tempo a nossa sala. Vazia. Vazia. Vazia. Que coisa mais triste. E vai ficar vazia até você voltar. Pelo menos para mim. Tenho uma colega nova que tem um modo de agir e de pensar bem parecido com o seu. Inteligentíssima, brilhante. Também se chama Anna Luisa, só que com dois "n".

Décio Pignatari era professor de Teoria da Comunicação, adorado pelos alunos, mas também, e principalmente, poeta. E dos grandes, fundador da poesia concreta no Brasil junto com os irmãos Augusto e Haroldo de Campos, sempre na vanguarda, anárquico e libertário, futurista, ensinando linguagem e novas formas de expressão, falando de máquinas pensantes, conectando os alunos com as vanguardas artísticas. Décio achava o núcleo suíço-alemão quadradíssimo, e até um pouco suspeito ideologicamente. Eu era fã incondicional, Ana Luisa nem tanto, ela o considerava um pouco vanguardista demais e queria teorias mais sólidas de artes visuais, esse era o seu objetivo.

Zuenir Ventura era um jornalista que tentava ensinar os alunos a se expressarem direito em português para defenderem seus projetos, explicarem suas soluções, analisarem seus problemas de design. O favorito dos alunos. Era mineiro, mas puro espírito carioca. Aulas animadas sobre o "new journalism" americano, em que o repórter vivia a reportagem, papos quase de bar sobre escritores, livros e estilos literários. Era moderno, coloquial, liberal. Ensinava a escrever claro e direto, sem adjetivos, com economia e objetividade.

Flávio de Aquino, baixinho, meio mal-ajambrado, com os óculos pendurados no nariz, era dos mais queridos, como professor de História da Arte, e também o diretor da Escola. Lindas aulas analisando em grandes slides coloridos as obras de arte da Antiguidade clássica à arte moderna, educando o olhar dos alunos para as mais belas e harmônicas formas já criadas, que sustentam o edifício da estética visual contemporânea. Ana Luisa adorava, era seu mundo ideal. Flávio foi o primeiro consultado sobre a minha ideia de fazer um novo vestibular depois de ter sido reprovado. Se tivesse sido contra, acabou: era o diretor. Mas ele ficou surpreso e até meio comovido. Deu todo o seu apoio.

Rio de Janeiro, 13 de março de 1965

Minha linda Ana Luisa,

Tudo lindíssimo?

Estou tão apaixonado que não consigo esperar a resposta de minha última carta para lhe escrever e falar do meu amor.

As aulas já começaram e tudo vai maravilhosamente bem. Zuenir voltou com força total. Tremendas aulas. Eta, cara bacana!

Minha turma é boa. Algumas figuras feiosas e alguns poucos burros, eu acho, mesmo tendo passado no vestibular dos infernos.

Meus pais vão estar aí no fim do mês, início de abril. Vão te procurar para te entregar um presente meu. Surpresa.

Hoje conversei horas com a Silvia Beatnik a seu respeito. Ela gosta muito de você. Está muito apaixonada pelo professor Orlando.

Graças à minha amizade com a Ceres da Secretaria, tive acesso aos resultados completos do vestibular que fizemos no ano passado. Sabe quanto você tirou na prova vocacional? 2,5. Eu tirei 5. Sabe quantos pontos fiz até a entrevista? 79 em 100 possíveis. Você, 59. Mas sabe qual foi a melhor entrevista, que teve as notas mais altas? A sua, minha linda, adorada e inteligentíssima Ana Luisa! Estou contando isso porque tenho um pouco de medo de que você, vivendo no mundo da cultura e da inteligência, pense: "Ah, o Nelsinho não é tão inteligente quanto eu pensava." Se havia alguma dúvida, as notas das provas são uma espécie de... prova.

Vi um filme polonês lindíssimo, *Cinzas e diamantes*, do Andrzej Wajda. O ator é aquele mesmo, maravilhoso, de *O amor aos vinte anos*, Zbigniew Cybulski. Os episódios dele e do Truffaut são os melhores do filme. Lembra? É aquele de um veterano de guerra que salva uma criança no Jardim Zoológico de Varsóvia, vira herói e é levado por uma jovem fã e seus amigos para comemorar na casa dela. Clima de tensão romântica e sexual entre classes sociais e gerações. Nos desencontros da celebração, ele surta com memórias trágicas. O choque de gerações, culturas e classes sociais é uma pororoca. Amo o título desse filme, parece feito para nós: *L'amour a vingt ans*, em francês fica mais bonito.

Estou com tanta saudade que sou capaz de ir te ver em julho. Só que, se eu for em julho e passar um mês, não poderei ir em dezembro e passar três. Claro que a segunda opção é a melhor. Em todos os sentidos: se eu for no verão, com o calor que faz em Portugal, vou passar um mês tomando sol no Estoril e te amando, já que vocês estarão em Lisboa no período. Cultura e informação não combinam com muito sol e calor.

Minha vontade era ir em julho e em dezembro, mas meu pai já disse que não está inclinado a sustentar turismo de vagabundo.

Agora estou corajoso e sincero. Declaro todo meu amor sem saber se você ainda gosta de mim, se me acha um bobo, que não liga para nada.

A propósito, digo que você jamais me amou sozinha. Pode ser que, durante algum tempo, tenha me amado mais do que eu a você. E vice-versa em outro tempo.

Minha vida interior vai muito bem, se alimentando da sua ausência. Pileques de João Cabral, Camus, Rubem Braga, Vinicius, Guimarães Rosa, Jorge Amado... Fora os grandes papos com o Décio, verdadeiras aulas particulares, privilégio.

Leia o discurso do Camus recebendo o Prêmio Nobel. Você vai saber qual a função do artista no mundo moderno. Uma concepção tão grandiosa, tão correta e bonita, como nunca ouvi. Está no livro *O avesso e o direito*.

"Pessoalmente, eu não posso viver sem minha arte. Mas eu jamais coloquei essa arte acima de tudo o mais. Se, ainda assim, dela necessito, é porque não está separada de ninguém e me permite viver, tal como sou, no mesmo nível dos demais. A arte não é, a meu ver, um divertimento solitário. É um meio de comover o maior número de pessoas, oferecendo-lhes uma imagem privilegiada do sofrimento e das alegrias comuns. Ela, pois, obriga o artista a não se isolar, ela o submete à verdade mais humilde e mais universal. E aqueles que muitas vezes escolhem seu destino de artista porque se sentem diferentes logo aprendem que alimentam sua arte, e sua diferença, ao admitir sua semelhança com todos. O artista se forja no perpétuo retorno ao outro, a meio caminho da beleza, da qual não pode abster-se, e da comunidade, da qual não pode fugir. É por isto que os verdadeiros artistas não menosprezam nada: eles se obrigam a entender em vez de julgar. E se eles têm um partido a tomar neste mundo, que possa ser aquele cuja sociedade, nas palavras de Nietzsche, não seja mais governada por um juiz, mas por um criador, seja ele um operário ou um intelectual."

O mais é um cara abarrotado de saudades e de amor por você.

Todos meus beijos,

Nelsinho

Rio de Janeiro, 18 de março de 1965

Minha linda moça bonita,

Tudo bom? Pois é, eu estava aqui posto em sossego quando veio um negócio de uma saudade...

Em sossego, é mentira minha. Pois ontem à noite fui à casa da prima Helô. Se pensa que fui lá só para falar de você, está absolutamente certa. Fui lá só para falar e ouvir falar de você. Embora a Helô não quisesse falar muito, "não é bem isso", "pode ser" e similares, consegui que ela me trouxesse você para um pouco mais perto. Ou menos longe.

Então você achou *La peau douce* lindíssimo? Não acredito. Que filme medíocre e sentimental. Não vi, não gostei, nem pretendo ver.

Ah, como você faz falta, não tenho com quem discutir...

E, além do mais, você achou *O desafio*, do Saraceni, risível!!! Sinto, você vai ficar uma onça com o que vou lhe dizer: ou não entendeu ou está completamente alienada. É o primeiro filme depois do golpe, importantíssimo. O Gustavo Dahl disse a coisa certa: "Melhor que um filme moderno, um filme contemporâneo." Depois discutimos.

Estou a par de suas leituras. Mas, se você pensa que estou parado, "gozando a vida e o sol", espere até nos "defrontarmos".

Só que meu programa de leituras tem sido obrigatoriamente mais técnico, mais objetivo, mais chato em alguns casos. *Teoria da informação*; *Teoria dos conjuntos*; uma interminável *História do cinema*; *Cybernetics: or Control and Communication in the Animal and the Machine*, Norbert Wiener, muito bom. E até livros de Matemática.

Não pense que abandonei minha praia, pegar jacaré no Arpoador, minha turma de música. Só distribuí melhor o imenso tempo que tinha. Meu pai disse na lata: "Quem não faz nada nunca tem tempo para fazer nada." Meio chato de aceitar, mas pura verdade.

A propósito, meus pais vão te encontrar em Paris, onde te entregarão meu presente. Aguarde.

A Escola está genial (muito Cinema Novo esse adjetivo, né?). Até as aulas de Lógica Matemática estão espetaculares. Aplicações práticas. É incrível você saber como aplicar a lógica a circuitos elétricos de computadores. Fascinante. Claro que o professor não é mais o abominável Cannabrava, de quem nunca entendi uma palavra. Agora é um matemático jovem, prático e didático.

Quem está dando Teoria Fotográfica é o famoso Humberto Franceschi. Já tivemos quatro aulas. Explicou tudo sobre luz, lentes, objetivas, cor, prisma solar, paralaxe. Entendi tudíssimo. Agora vamos começar as aulas práticas e também a revelar no laboratório e imprimir as fotos.

E o curso sobre Velázquez, está fazendo mesmo ou é só vontade?

Inveja de todos os filmes de Buñuel, René Clair e Eisenstein que você viu. Eu aqui, na minha subdesenvolvida modéstia, só vi o *Journal d'une femme de chambre*, de Buñuel, e com Jeanne Moureau, uma história de intrigas, vinganças, fetiches e perversões. Adorei. Já viu?

Vou fazer um apelo à sua famosa honestidade. E me comprometo a fazer o mesmo. Relatar exatamente o que vai no coração. Aumentos. Diminuições. Dores. Ou, morro de medo dessa palavra, fim. Para resguardar a imagem que fiz de você e você de mim.

Aliás, tenho mudado bastante minhas ideias sobre a fugacidade e a perenidade do amor. Estou achando que pode durar, sim, para sempre, ainda que as pessoas mudem. Mas lutem por ele, trabalhem, cultivem. Depois explico melhor.

Está ficando complicado. Acho que, para você me entender como eu quero, só pessoalmente.

Pena que hoje eu esteja meio infeliz em matéria de comunicação. Vai ser difícil explicar o que sinto e penso. Estou fazendo grande esforço para ser entendido. Mas acho que nesse ponto Antonioni tem razão.

Se puder, e tiver vontade, escreva muito.

Beijos,

Nelsinho

PS: Minha mãe vai chegar aí dia 7. Quero que você converse muito com ela para que veja o quanto você é bacana. Não por ela não gostar de você, pelo contrário, há uma grande simpatia.

PS 2: Ontem, dia animadíssimo. Eleição para a primeira diretoria do Centro Acadêmico que fundamos. Chapa 1 liderada pelo Robertinho Wershleisser e dominada pelos veteranos do terceiro ano. E a Chapa 2, a nossa, com o Ferdy de presidente, Marilena, Otaviano e Silvia Beatnik.

Tenho quase certeza de que você votaria na 1. Brigaríamos muito porque eu votei na 2. Um pessoal mais aberto, mais imaginação. Pena que a 1 venceu por 31 a 28. Não há de ser nada. O Robertinho é bom.

Depois da eleição, com todos os professores presentes, posse da diretoria. Muito sério, Otaviano se levantou para saudar os vencedores do pleito. Sacou de seu famoso livrinho *O orador popular: discursos prontos para todas as ocasiões*, edição de 1908, que serve para o enterro de um pai amantíssimo ou para comover um professor na véspera do exame, para uma formatura de engenheiros ou uma donzela morta. Com voz pausada e gestos firmes, como manda o livro, leu para a turma, segurando o riso, o "discurso para a nomeação de um amigo para cargo importante". Perplexos, os alunos do primeiro ano, que ainda não conhecem o pândego Otaviano, ficaram sem saber se o cara era maluco e falava sério ou se era uma piada. Até que os veteranos explodiram numa gargalhada coletiva e uma salva de palmas. Até os professores riram, mas os alemães não entenderam a piada. Chegou a um ponto em que as gargalhadas "emudeceram a voz embargada pela emoção" do orador. Mas conseguiu chegar ao fim, candente e vibrante, para ser mais aplaudido do que as duas chapas juntas.

Hoje recebi um lindo cartão seu. O Seine preguiçoso naquele dia em que seu horário de aula foi mudado.

Não sei se você notou, mas mudei bastante. Sua ausência talvez tenha me obrigado a refletir um pouco sobre os sentidos da vida e a beleza das coisas. Estou mais tolerante e mais interessado em tudo.

Assunto não tem mais, só amor. Serve?

Mais beijos,

N.

Ferdy Carneiro, candidato a presidente pela Chapa 2, também da turma pioneira, era um mineiro bigodudo, artista muito talentoso e de grande humor, conhecido bebum da boemia de Ipanema e companheiro de copo de Jaguar e Hugo Bidê no Zeppelin. Com o apoio maciço dos calouros, perdeu por pouco. A chapa anárquica era um esculacho.

E a lista de leitura era mais intenção do que ação, alguns livros foram só folheados.

Rio de Janeiro, 24 de março de 1965

ENDOIDOU?

O que significa essa carta sua que recebi hoje?

Anteontem recebi uma carta lindíssima que me encheu o coração de alegria. De amor, não, porque não cabe mais.

Mas... o famoso mas... recebo essa coisa tão estranha hoje. Estou perplexo, triste, angustiado, morrendo por explicações, absolutamente certo de que não errei, igualmente certo de poder esclarecer qualquer equívoco de interpretação sua.

Não tenho a mais vaga ideia do que possa passar por essa cabeça tão cheia de ideias e fantasias.

A pior maldade que se pode fazer a alguém é acusá-lo sem dizer do quê. O que eu fiz? O que eu disse?

Se o fato fosse simplesmente você deixar de me amar, assim de repente, a troco de nada, eu encararia com a maior tristeza, mas com a compreensão de que, do mesmo modo que me amou, deixou de amar. Triste, mas compreensível.

Que cafajestismo? Que vulgaridade?

Nunca fui, nunca vou ser, cafajeste e vulgar. Você deveria ter a coragem de me mandar a carta que escreveu antes, quando teve vontade, mas não mandou. O que vale é a emoção do momento. A reação calculada, pensada e fria, medindo palavras, é uma adulteração do que você sentiu. Existem assuntos importantes, e não delicados ou repugnantes. Fale. Explique-se.

Estou bastante transtornado e incapaz de me fazer entender por qualquer pessoa, não só você.

Neste momento sinto que a inteligência, a sensibilidade, a compreensão, a consciência, tudo que compõe um Homem, me abandonam para dar lugar apenas à tristeza e à perplexidade. Perplexidade. Perplexidade.

Que frases misteriosas, carregadas de simbolismos e significados ocultos, você descobriu em mim? Quero saber. Não para me justificar de acusação desconhecida, mas para saber até onde vai o seu grau de desconfiança nas pessoas. Principalmente as amadas. Ou ex-amadas? Como amar alguém em quem não se confia?

Muito mais triste do que você deixar de me amar é ser por alguma coisa que você inventou. A gente leva tanto tempo para construir e acreditar em alguma coisa e a tal da incomunicabilidade se encarrega de destruir, da maneira mais fria e feia.

Você me conhece muito bem. Essa história de amar alguém que nunca existiu é folclore. Sei exatamente a imagem que você fez de mim e posso te assegurar que sou isso mesmo que você pensava. A única mudança importante nessa sua ausência foi no plano intelectual, mas para melhor.

Já li mais de cinquenta vezes a sua carta. Não entendo.

Se não me ama mais, pode dizer. Só quero saber o que está acontecendo. Meu amor é forte o bastante para resistir a qualquer frase. No dia em que o amor depender de palavras e não de sentimentos silenciosos que dizem tudo, não haverá razão para se acreditar nele.

Há certas coisas que só através do amor podemos compreender.

Não para essa Ana Luisa hermética, intolerante e amarga, mas para a "minha" Ana Luisa, todo meu amor.

Nelsinho

Rio de Janeiro, 31 de março de 1965,
primeiro aniversário do golpe militar

Ana Luisa,

Volto a te escrever algumas horas depois da carta que te mandei hoje. É o único meio que encontro para dar vazão a tudo que sinto. À imensa confusão que não entendo, à tristeza que toma conta de tudo que faço.

Mas, apesar de tudo, te amo sempre mais.

Custo a me acostumar com a ideia de que você não me ame nem um pouquinho. Não vou querer te esquecer só porque você não me ama mais. Meu amor por você é capaz de enfrentar tudo, até a falta de reciprocidade. Afinal, se tudo desse sempre certo, a vida seria dolorosa – pela consciência da morte, que é certa e geral. Recebo minhas tristezas com a caricatura de um sorriso...

Mas é duro. A cidade neste começo de outono fica linda, dias luminosos. Tudo sugere amor. Fico até meio com vergonha de quebrar essa harmonia com minhas tristezas, tão pequenas e particulares, em relação a tudo de lindo que existe para ser visto e vivido.

Você deve estar contente com a primavera, que é tão linda em Paris.

Engraçado, depois de vivermos uma primavera linda, por caprichos da geografia, agora para você é primavera cheia de flores, e para mim outono de folhas secas, também bonito em seu despojamento, com sua melancolia. Mas a primavera só é possível se houver um outono.

Tenho lido, visto e feito muita coisa linda. Queria muito repartir com você tudo que aprendi e senti. Mas é difícil transmitir emoção a alguém que talvez nem se interesse mais pelas minhas emoçõezinhas baratas.

Embora provavelmente você não acredite, o que sinto neste momento é uma enorme vontade de te ver cada vez mais feliz. Pensei um dia que você só poderia ser feliz ao meu lado, pensar essas burrices é resultado de atribuir aos outros os nossos próprios pensamentos...

Te amo muito. Muito e sem esperança.

Nelsinho

Rio de Janeiro, 31 de março de 1965

Ana Luisa,

Hoje finalmente recebi uma carta um pouco mais explicativa em que você diz ter medo de ter sido injusta comigo me negando o direito de defesa. Será que foi injustiça mesmo? Ou só impressão minha...

Acontece que, desde o dia 25, quando recebi de uma só vez todo o seu desencanto e sua revolta, fiquei completamente abobalhado e com a alma trêmula até hoje, quando recebi a "acusação" secreta.

Assim que recebi a sua primeira carta, depois de lê-la infinitas vezes, buscando uma explicação que não existia, escrevi – e mandei – tudo que senti e pensei naquelas horas. Deve ter muita besteira, muita burrice, pois perdi qualquer lucidez diante do problema desconhecido – e das espantosas consequências em mim.

Depois de ter lhe escrito, liguei para a Helô, para tentar saber o que podia ter acontecido. Falei do meu espanto e minha tristeza. Ela disse que não sabia de nada que pudesse ter feito você mudar tanto assim de atitude. Que eu me acalmasse, que deveria ser só um mal-entendido que logo seria esclarecido, que você certamente ainda tinha muito amor por mim.

Me tranquilizei um pouco, mas não parei de pensar no que poderia ter dito ou feito que pudesse te magoar tanto.

Três dias depois, encontrei o Amarílio na casa do Sérgio Bernardes, o arquiteto. Ele me disse que tinha estado com você em Paris, que você tinha me mandado uma revista, que era maravilhosa, genial e tudo mais. Depois me chamou de lado e me disse que eu tinha dado uma "mancada". Eu teria dito ao Joaquim no aeroporto "Que bom que a Ana Luisa vai embora, assim vou poder continuar meu namoro com a Leninha".

Joaquim contou para Helô, que, num gesto natural de amizade com você, lhe contou. Foram as palavras do Amarílio.

Fiquei contentíssimo e tristíssimo. Pensei que tinha achado a chave do mistério. Só podia ser isso. Depois fiquei triste: será que a Ana Luisa me desamou por causa disso? E pior: porque é absoluta MENTIRA. Eu nunca diria isso, não sou burro.

Falei com Helô de novo. Ela disse que, de fato, contou para você, mas não tinha nenhuma importância, que depois ela escrevera dizendo ter estado comigo e eu estava totalmente apaixonado por você. Que eu não me preocupasse.

Como você deve se lembrar, antes de você viajar nós conversamos, meio a sério e meio de brincadeira, mas tentando ser frios e objetivos, sobre o que seria uma nossa possível separação. Que a separação física determinaria a separação sentimental e que, quando você voltasse, já seria outra, e eu, outro. Alguém teria que nos apresentar...

Eu ficaria aqui, sozinho, e pouco a pouco iria me desligando de você. Em junho, a Leninha voltaria da temporada de seis meses com o pai, que é médico em Nova York, e me encontraria totalmente desvinculado de você. O provável era que os meses e meses de amor por ela revivessem e tudo voltasse a como era antes...

Isto tudo nós dois conversamos, tentando raciocinar com lógica e distanciamento, uns poucos dias antes de você viajar. Normalmente, o que deveria acontecer era o que havíamos previsto. Eu acabaria por me esquecer de você e você de mim. Você namoraria alguém daí, um jovem intelectual de óculos, e eu iria gostar de alguma garota bonitinha da praia que me desse o carinho e a compreensão de que preciso. Enquanto o seu futuro ainda é incerto, a minha futura namorada, considerando o hábito, a afinidade, o amor passado, deveria ser a Leninha. Tudo isso nós dois raciocinamos juntos, de cabeça fria.

Nosso grande erro foi querer esquematizar em uma visão lógica alguma coisa maior do que toda a lógica e todos os esquemas: o amor, que não respeita regras e previsões.

Como você sabe, continuo te amando muito, e a sua ausência colaborou bastante para que eu descobrisse certos valores que antes eu negava, e concordasse com você em muitos pontos em que divergíamos antigamente. Fiquei mais perto de você. É engraçado falar "antigamente" com vinte anos, sobre conversas que ocorreram há menos de um...

O fato é que, no aeroporto, o Joaquim me perguntou, como quem não quer nada:

"Como é, já está morrendo de saudades? Um ano é tempo pra burro. Como é que vocês vão fazer, o que resolveram? Como fica a Leninha?"

Respondi que não sabíamos, mas que resolveríamos. Que poderíamos nos separar ou continuar juntos, mesmo longe. Afinal, ele não tinha nada a ver com isso. Jamais diria, e muito menos para ele, "Que bom que a Ana Luísa vai embora, agora Leninha vai voltar dos Estados Unidos e vou poder continuar em paz o meu namoro".

Deve ter sido isso que ele disse à Helô. Mas ainda não consegui falar com ele. Você vê como uma frase não dita pode provocar tanto desencontro e tristeza.

Tristeza imensa, e que vai demorar muito tempo para passar, ao ver que a pessoa a quem dou todo meu amor e tudo que tenho de bom apaga, com uma informação que nem sabe se é verdadeira, tudo de bonito que vivemos. O Joaquim nada sabe, nem tem que saber, do nosso amor.

É muito triste ver destruído por uma mentira (que faço força para acreditar ser não intencional, já que ele arrasta uma asa para você) o amor que levamos tanto tempo e tanto sacrifício para construir.

Muito triste você acreditar na primeira coisa que te dizem, antes mesmo de me perguntar a respeito. Eu acreditava que você tinha mais confiança em mim, porque você é a pessoa em quem mais confio.

Se meu amor não fosse tão forte, provavelmente essa sua prova de desconfiança iria liquidá-lo por completo.

Já sei que você vai dizer que, se desconfia de mim, é porque antes dei motivos. Não é certo. Você nunca entendeu quando tentei lhe explicar como se pode amar duas pessoas. Reconheço que é difícil entender, mas possível de acontecer, acontece bastante, embora você nunca tenha desconfiado disso. Juro que sempre fui sincero e verdadeiro no que disse e sempre me responsabilizei por minhas escolhas.

Agora vamos ver a coisa por um aspecto lógico.

Se eu não te queria mais e esperava ávido a chegada da Leninha, então por que escrever tantas cartas transbordantes de paixão?

Não há ninguém tão mau-caráter para mentir tanto amor por escrito. Nem tão inteligente para fazer ficção do nada. Principalmente se isso não vai trazer nenhum benefício.

Não seria muito mais confortável me acomodar e tratar de te esquecer? Teria aqui uma linda namorada que me adora me esperando de braços abertos.

Escolhi ficar vivendo a sua ausência e morrendo de saudades, a cada dia que passa, em vez de te esquecer e viver, como você disse, "o futuro risonho e tranquilo que me espera".

Te amo muito e te espero sempre.

Nelsinho

Rio de Janeiro, 10 de abril de 1965

Minha amada linda,

Tudo bom?

Acabo de receber mais um pedacinho de você feito carta. Você é muito mau-caráter ao ficar falando que seria bom olhar para o lado no trem, ver que eu estava lá e me dar a mão. Cruel. Só para fazer homem chorar... adoro ser vítima dessas "mau-caratices"...

Vou lhe contar uma grande novidade: morro de saudades de você.

Outra, mais recente: dentro de uma semana, estreia um show no Bottle's Bar com o Francis Hime e o Dori Caymmi. Estou ajudando o Ruy Guerra no roteiro e terei quatro músicas no show, duas com o Dori e duas com o Francis.

Não, não pense que distraí minha atenção da Escola. Apenas colaborei na seleção das músicas do roteiro. As músicas já estavam prontas. Nem tenho ido ver os ensaios para não me empolgar muito...

Estou mudando bastante meu estilo de escrever letras. Mas não é nada de "esquerda festiva", como estão chamando. É só solidariedade e humanismo. Como já lhe disse, decidi ser menos omisso e falar de problemas sociais. Mas sem demagogia, nunca vou falar de reforma agrária e do povo que passa fome etc. Não confio nos nossos líderes, confio mais nos nossos homens comuns, que trabalham todo dia e parecem todos iguais. Chega de política. Melhor era você ouvir as músicas.

Acho que você já deve estar desconfiada de que o meu papel de carta acabou, de tanto lhe escrever. Esta folha de caderno de desenho foi a solução.

Na sua carta, você manda que eu lhe escreva para a Embaixada do Brasil em Atenas, mas me recuso. Sei lá se você ainda estará lá quando chegar a carta? Não vou arriscar perder meu carinho para um correio vagabundo...

Você fala de um edifício lindo em Milão, deve ser o da Pirelli. Um assim meio triangular, moderníssimo? Conheço. Sou um homem muito viajado... Passei dois dias em Milão.

Lago Lausanne? Conheço. Já fui de carro de Genebra a Milão...

Gelati Motta na Itália? Ah, se fo$$e meu parente... Há muito tempo eu já e$taria pa$$eando com você. $e o Gelati Motta fo$$e meu, iria lhe dar um beijo num dia e voltava no outro. Nosso Motta é português, lamentavelmente. É chato ser subdesenvolvido.

Te amo muito.

"Aquele" beijo, e mais mil dos normaizinhos.

Nelsinho

Rio de Janeiro, 1º de maio de 1965

Minha lindíssima adorada,

Que lindo! Acabo de receber uma enorme carta (um tratado?) da minha amada Ana Luisa.

Tristeza + Alegria = eu. Como você pode estar tão longe? Muito difícil e amargo te imaginar longe de mim, mesmo que só por uns tempinhos...

Às vezes fico pensando, perplexo, no tempo, distância, velocidade, buscando uma forma de lhe trazer para perto de mim por inteira. De certa forma, você nunca esteve tão perto.

Estou muito chateado. Você me traiu. Infiel!

Não, não se faça de sonsa, não adianta fingir que não entende.

Ainda bem que ao menos se apaixonou e me traiu com uma cidade maravilhosa como Veneza. É um consolo. Veneza é perigosa, terrível conquistadora. Também me apaixonei por ela, mas, como sou volúvel, eu a traí com Florença.

E não me venha falar mal da "minha" Escola, que eu brigo com você. Está maravilhosa. A nova turma de alunos é bem interessante. O pessoal do terceiro ano está contentíssimo, já fazendo projetos lindos (uma linha de móveis para crianças). Já o curso de Comunicação Visual (2º e 3º ano) vai muito mal. Os professores faltam, às vezes dão aula para as duas turmas juntas, ensinam pouco e sem método, os alunos não estão aparecendo muito. Quem pode lhe falar melhor sobre isso é a Isabel (como está linda, disse que emagreceu quatro quilos), que está no meio do fogo e possessa de raiva e decepção.

Tenho estudado e trabalhado muito. Projetei junto com o Renato a marca da Bolsa de Valores do Rio de Janeiro, ficou ótima e nos pagaram Cr$ 400.000,00. Bom, não é?

Vinicius foi hoje de manhã para Paris. Vai ficar três meses escrevendo o roteiro de um filme. Ontem teve uma despedida para ele no Zum Zum. Muita choradeira. Parecia que ele ia para a guerra. Ficamos até as 5 da manhã, o avião partia às 6. O poeta saiu trocando as pernas, de "pé queimado"...

O maior show jamais visto no Brasil. Baden Powell, Ciro Monteiro, Tamba Trio, Sylvia Telles, Edu Lobo, Nara Leão, Oscar Castro-Neves, Elis Regina, e mais um monte de gente bacana. Quanta música linda!

A propósito do meu querido amigo Ruy, conto que seu ídolo Glauber Rocha chegou aqui, e depois de falar mal de *Os fuzis* durante um ano, agora diz para todo mundo que viu o filme na Europa, que é lindo, maravilhoso, genial, e que o Ruy é fantástico e coisa e tal. Custou, mas reconheceu. E quem diz não sou eu, é o ídolo da Ana Luisa.

Será que eu estou morrendo de inveja de suas peregrinações culturais?

Li uns trechos do livro do seu pai e o achei meio injusto com o Sousândrade. Quando você chegar, vou te apresentar a esse poeta moderno e genial, que nasceu em 1833 e foi educado na Universidade de Paris. Levou um século para ser redescoberto pelos irmãos Campos. Você precisa ler *O inferno de Wall Street*.

Acabei de ler *Cybernetics and Society: Human Uses on Human Beings*, do Norbert Wiener, "pai da cibernética". Maravilhoso. Lucidez impressionante, principalmente nas relações humanas, de comunicação, e nas relações homem-máquina. Estou apaixonado pelo livro. E por você.

Esta fotografia que lhe mando, na Piazza San Marco toda embandeirada, lavada de sol, domingo, imagino que estivéssemos pisando exatamente sobre as mesmas pedras e achando lindas as mesmas coisas. Pena que eu ainda não te amasse nesse tempo. Quanto tempo perdido.

Quero uma lindíssima fotografia sua na Europa.

Não é para não esquecer do seu inesquecível lindo rosto, mas as suas fotos que tenho estão meio gastas de tanto serem beijadas...

Tem um colega meu no 1º ano, Cláudio, que tem um quociente de deboche e maledicência equivalente ao meu, do Renato, do Dário e do Otaviano. E, além do mais, desenha e faz caricatura muito bem. E é engraçadíssimo. Seu alvo favorito é o seu querido carequinha Lamartine Oberg, professor de desenho técnico, sempre engravatado, de paletó apertadinho. Cláudio criou uma série de personagens baseados nele, como Oburger, boy de lanchonete, queimando hambúrgueres, todo lambuzado de sorvete, de touquinha e avental.

Lamartine Ekberg, o Oberg com uma linda cabeleira loura, com uns peitos enormes, tomando banho na Fontana di Trevi. Totalmente felliniano.

E mais umas dez personagens travestidas de Oberg. Diz que vai publicar como *As oberguianas*...

Outro dia, à tarde, apareci na Escola lindíssimo, de terno e gravata, todo penteado e perfumado, porque ia fazer uma entrevista de trabalho. Vieram as meninas todas, "que lindo", "está elegantíssimo", e outras do gênero. Quando eu estava no máximo do orgulho, ouviu-se, vinda não se sabe de onde, a voz inconfundível do Dário: "Olha lá quem aderiu à linha Oberg. Compraram o terninho na mesma loja?"

Todo meu amor e meu humor e todos os beijos que você quiser,

Nelsinho

Rio de Janeiro, 18 de maio de 1965

Minha lindíssima,

Tudo ótimo? Eu vou indo muito triste e muito longe de você.

Recebi ontem um cartão seu para o Dário. Ele adorou e promete novas perfídias para te divertir... Silvia disse que já te escreveu.

Olha como você me faz falta:

Domingo à noite fui ver *I compagni*, do Monicelli, com o Mastroianni. Extraordinário. Conta a bela e terrível história da primeira greve operária em Turim, no fim do século passado. Os trabalhadores queriam uma redução da jornada de trabalho de 14 para 13 horas... e partiram para o pau. Empolgante e grandioso. O público ovacionou o filme de pé no final.

Depois fui com meu pai e minha mãe à Cantina Fiorentina, no Leme, e o que vejo lá: um casal de namoradinhos, em completo estado de paixão, sentados exatamente na mesma mesa que nós sentamos com Renato e Sonia, no casamento da Miriam, lembra? Me deu uma tristeza tão grande que meu pai até pensou que eu estava doente. E estava mesmo, com gripe na alma e o coração apertado, desse tamaninho.

Eu não aguento mais ver coisa bonita e não poder dividir com você!

Outra grande coisa bonita vista agora: *Zorba, o Grego*, do Cacoyannis, com Anthony Quinn. É o mesmo diretor grego de *Electra*, com a maravilhosa Irene Papas, que também está no *Zorba*. Completamente apaixonado pelo filme. Já vi duas vezes e hoje vou pela terceira, para levar a prima Helô.

É um personagem sensacional, e sua filosofia de vida livre comandada pelo instinto e a emoção. Que história! A fotografia em preto e branco contrastado, explorando as figuras das mulheres de preto contra o casario branco da ilha de Creta. A velhinha que faz a "Bouboulina" apaixonada por Zorba, Lila Kedrova, até ganhou um Oscar.

Zorba é o filósofo popular do prazer, do amor, da alegria e da liberdade em estado bruto, cheio de humor e dando lições de vida com tiradas geniais para o inglês racional Basil (Alan Bates) num completo choque cultural. Responsabilidade não é o seu forte, mas, quando as coisas dão errado, ele dança. Música grega linda de Mikis Theodorakis.

Como eu gostaria de assistir a seu lado, de mãos dadas, buzinando comentários em seu ouvido... Pena não poder compartilhar minha alegria por descobrir novos valores e voltar a valores esquecidos.

Na Escola vai tudo bem, mas houve uma briga muito séria entre o professor Wolner e o Otaviano, como representante da turma do 2º ano de Comunicação Visual: o mestre Wolner está organizando um catálogo de clicheria no Brasil. Particularmente. E mandou os alunos (ou escravos?), como trabalho de aula, recolherem material para ele ganhar dinheiro e fazer nome. Todo mundo se recusou. Ele ficou possesso e disse que tinham que fazer, que era uma ordem, e ainda teve o cinismo de dizer que só entende o ensino em termos impositivos, e que está pouco ligando para a Escola. Se amanhã não entregarem o trabalho e todos os alunos não estiverem presentes, ele diz que vai embora da Escola.

Ninguém vai entregar nada e vamos ver o que acontece.

Tenho lido pouco, muito trabalho.

Milhões de beijos,

Nelsinho

Rio de Janeiro, 24 de maio de 1965

Minha lindíssima,

Ontem fui com o Renato ver, rever, *Jules et Jim*, do Truffaut. Lembrei muito de você, mas não que estivesse disposto a compartilhá-la com um amigo... Quando vi a primeira vez, achei bom, mas assim meio inverossímil, uma posição difícil para cada um dos três, acho que não entendi direito. Só consegui imaginar uma versão com um homem e duas mulheres em harmonia. Ontem, ao contrário, o filme me comoveu tanto que, em certos momentos, acho que dei umas choradinhas. Como nas horas de calma e paz naquele chalé, correndo pelos campos, andando de bicicleta juntos e aquela sensação de felicidade que não se sabe de onde vem. Me deu tanta saudade de você... Talvez porque em sonhos já tenhamos morado num chalé daqueles, naquele lugar, andado de bicicleta pelos campos. Pena que estava um pouquinho frio demais para mim...

Acho que vou te roubar de seus pais e ir passear de bicicleta com você. Para sempre.

Ando muito sentimental (sentimentaloide?) e meio burro ultimamente. Acho que sua ausência começa a me fazer mal...

Se eu escrever muita besteira, faça de conta que não leu. Nesses últimos dias, tenho me achado meio tapado.

Mas há um assunto importante que preciso lhe falar.

O caso é o seguinte: minha (ex-)namorada Leninha chega dos EUA daqui a uma semana. Não me desliguei dela ainda. Por várias razões que devo lhe explicar. Embora o mais bacana fosse não ter que lhe dizer nada.

Eu pretendia ir deixando aos poucos de escrever para ela e assim terminar sem mágoas uma época da minha vida. Sem machucar, por menos que fosse, alguém que só me deu amor e alegria.

Fui deixando de escrever, mas ela escrevia sempre e começava a perguntar o que é que havia, se não gostava mais dela, se tinha esquecido dela, o que é que estava acontecendo? Só quem não conhece a doçura e a sensibilidade dela poderia pensar em terminar tudo naquela hora, e ainda mais por carta!

Então eu escrevia dizendo "não é bem assim", ia enrolando, dizendo que estava estudando muito, sem tempo para escrever. Passei três meses nesse jogo, muito doloroso para mim. Acredite, não havia outro jeito. A quase-mentira era a única solução. Esperava que essa meia indiferença a fizesse pensar que talvez eu não a amasse mais e se acostumasse com a ideia de terminar e assim diminuir a dor dela. Por carta, seria abominável covardia.

Tenho medo de que você não esteja me entendendo direito, e estou muito triste por ter que contar tudo isso, que deveria pertencer a mim e a ela e ser resolvido por nós. Assim por carta é tão difícil, mas, se você pudesse me ver, uma simples olhada nos meus olhos lhe contaria tudo. Sem erro.

Vou agir, pode estar certa, dentro da maior honestidade, e delicadeza, para amenizar a tristeza dela, a quem devo muito amor e carinho. Aconteceu, eu sei, não é culpa minha nem de ninguém, mas, se eu puder fazer as coisas da forma mais suave, pra que vou bancar o coração de pedra?

Conto tudo isso porque morro de medo de algum fofoqueiro malvado fazer alguma confusão e te deixar em dúvida em relação a mim. Por favor, se não entendeu alguma coisa, me pergunte, posso explicar tudo.

Eu sei que é difícil, depois de tudo que aconteceu entre nós, você ter essa confiança em mim. Mas um dia vai ter, e não demora muito.

É nessa hora, 6 da tarde, que mais sinto a sua falta. É duro todo dia ver sozinho aqueles Arcos da Lapa vazados de luz no pôr do sol e caminhar pelas calçadas em que andamos juntos. Andar pela Escola, ouvir as pessoas falando de você. É triste.

Outro dia fui lá para o alto de Santa Teresa, onde o Renato alugou um ateliê – agora é pintor, diz que se encontrou. Estava uma tarde meio cinzenta, meio fria, e uma chuvinha fina. Passeamos juntos pelas ruas de paralelepípedos, passamos horas explorando as lindas ruínas de uma enorme casa abandonada. E sempre falando de você, e de nossos problemas com as mulheres.

Quando você chegar, vou pegar sua linda mãozinha e te levar para passear onde passei uma tarde muito linda, e triste, pensando em você. São ruas velhíssimas, de pedra, nunca tem ninguém nelas, estão cheias de mato e plantas, até flores. De lá de cima, a gente vê a cidade inteira, imensa, dura e concreta. Cheia de você.

É incrível como você está presente até nas menores coisas. Tudo de bonito que vejo penso logo em dividir com você um dia. Só agora descobri o encanto de passear sozinho por ruas antigas e vazias. Estou redescobrindo a beleza das coisas pequenas e vou lhe mostrar tudo que vi. Claro, se descobri tudo isso, foi graças à Ana Luisa, pensando nela. Descobri que é muito bom, das melhores coisas da vida, pegar a namorada pela mão e apenas passear vendo como o mundo é lindo em todas as suas pequenas coisas. Só passear, sem falar nada. Só se olhando de vez em quando.

Não sei como vou conseguir te esperar todos esses séculos!

Há tanto mais para lhe dizer, mas é tudo numa linguagem intraduzível em palavras, gestos ou qualquer outra coisa. É a linguagem do amor, que falo comigo mesmo quando estou sozinho, a linguagem que só você pode entender, que foi feita para só você entender.

Não vou falar mais nada porque sinto que estou entrando no terreno das divagações e sonhos insanos que só loucos e apaixonados conseguem sonhar.

Um beijo, e quantos mais você quiser,

Nelsinho

Rio de Janeiro, 23 de junho de 1965

Minha lindíssima adorada,

Tudo lindo? Você ainda me ama? Acho bom, porque te amo muito. Estou perguntando porque desde Roma não recebo cartas suas. Teria ela me esquecido? Aguardem o próximo capítulo.

Morto de saudades de você. Aconteceram tantas coisas, meu amor, que me fizeram mais que nunca saber o quanto te amo e preciso de você junto a mim.

Como você sabe, sou uma pessoa com uma tremenda necessidade de afeto. Preciso desesperadamente de alguém para me dar a mão, para ir ao cinema comigo, para dizer que gosta de mim. Você faz uma falta muito maior do que tudo que possa imaginar, principalmente agora, que ando triste e precisando de você.

Leninha voltou dos Estados Unidos. Tudo bem. Normal. Conversamos um pouco e durante alguns dias nada aconteceu. Uma semana depois, ela chegou à conclusão de que eu não era mais o amor dela, que nós só poderíamos nos prejudicar, e, apesar de ainda me amar, a melhor coisa que poderia fazer era acabar comigo. E acabou. De certa forma, fiquei contente. Ela voltou muito mais madura, mais segura de si. Já não sinto aquela sensação de que se a deixasse ela ficaria completamente tonta e sem rumo, vejo que pode andar sozinha e ser feliz sozinha ou com alguém. Até me confessou que teve um namoro em Nova York com um jovem fotógrafo, Miguel Rio Branco.

Mas não vou negar, e espero que você compreenda, que foi com certa tristeza que vi desfeita uma relação de dois anos felizes. É estranho.

Está entendendo? Te adoro muito mais do que tudo, e só a você, da Leninha restam apenas lembranças de bons momentos.

Se você estivesse aqui para conversar comigo, me dar a mão, me amar, tudo isso não aconteceria e eu estaria alegre e feliz ao seu lado. Mas você não está.

E, como você não está, tenho que aguentar sozinho. Pelo menos agora não tenho a culpa de ser bígamo, nem a preocupação de que a Leninha sofra, e, principalmente, tenho a alegria da certeza de te amar muito. Só a você.

Às vezes ligo para a Helô para falarmos de você. De fato, eu sou mesmo meio masoquista, dá uma tristeza...

Penso em você em todas as minhas horas. As boas, guardo para quando você chegar, as ruins vou aguentando sozinho, pensando que seriam bem menos ruins com você aqui. Outro dia li que, quando a pessoa amada está longe, deve-se contar o tempo não pelas folhas que caem, mas pelas flores que nascem. Meio cafona, mas consola um pouco.

Eu sei que você está adorando tudo e esta viagem está sendo maravilhosa para você. Por isso, acho demais pedir que volte logo, mas minha vontade é dizer: venha ontem!

Também para a gente brigar um pouco. Sobre *Zorba, o Grego*, que você insiste em negar que é lindo e genial. Filosofia perfeita, plasticamente deslumbrante, e com atuações de Zorba e Bouboulina que nem preciso falar. E ainda tem a Irene Papas, por quem (desculpe, amor) estou apaixonado. Que mulher tão linda e tão forte, chega a ser assustadora... Se aquela mulher me aparecesse pela frente, não sei não, mas acho que... sairia correndo. Apavorado, seria mulher demais para mim.

Na Escola, teve o 2º Seminário Brasileiro de Ensino de Desenho Industrial, que eles insistem em usar no lugar de design. Só falam em design. Décio Pignatari massacrou publicamente a alemãozada toda. Os de nacionalidade e os de ideias.

Apresentou uma tese futurista propondo um ensino automático. Um negócio de louco. Não entendi tudo direito, mas adorei. Vou lhe mandar a tese. Estou muito apaixonado pelo Décio. Que cara inteligente!

Estou me dando às mil maravilhas com Herr De Curtins, meu conceito no primeiro semestre foi Bom para Ótimo. E até propus a ele que seja mais rigoroso no julgamento de meus trabalhos do que nos de meus colegas. Afinal, já passei por isso. Este B/O que eu tive não é melhor que o do ano passado.

Helô me disse que você voltaria em novembro, é verdade?

Estava te preparando uma surpresa. Ia te fazer uma visita nas férias de julho. Primeiro, meu pai aceitou, mas depois mudou de ideia. Minha irmã casa no dia 30 de julho (escolheu justo o dia do aniversário da nossa mãe) e não daria tempo. Então, vamos logo depois. Quando meu pai me falou, temeu pela minha saúde, achou que eu teria um treco de tanta alegria, que resolveria ficar na Europa.

Você é muito linda. Te amo e preciso de você.

Milhões de beijos e todo meu amor,

Nelsinho

Rio de Janeiro, 24 de junho de 1965

Minha lindíssima, e lidíssima, Ana Luisa,

Ontem te mandei uma carta enorme, e espero que bem bonita, mas hoje já estou morrendo de vontade de conversar mais com você.

Ando lembrando muito de você nesses dias lindos de sol, que me remetem muito à luz da Oran de Camus. Apesar de nunca ter ido a Oran, imagino um sol de inverno, com a luz macia e filtrada, como hoje.

Não me conformo com você trancada em casa em pleno verão, enquanto a vida grita lá fora te chamando para participar dela. Ficar passivamente absorvendo conhecimentos e teorias, talvez bonitas, talvez sérias, chatas, ultrapassadas, talvez inúteis. A gente lê e se informa à medida que vive, a cada interrogação que temos quando participamos da vida. Aí vamos buscar nas palavras e nos livros dos outros o que queremos saber.

Além do mais, você está se preocupando com Filosofia da Arte, que no século XX em que vivemos não é muito relevante diante de uma realidade nova e de uma nova estética.

O design é a estética da quantidade. Não interessa mais "a coisa em si", é a quantidade que confere a qualidade, o uso, a utilidade. A produção em massa.

Utilidade, na era da automação, é qualidade.

Um livro que poucos ou ninguém lê pouco importa diante do que é lido por milhões. É o que importa na época em que vivemos. "Qualquer tendência de tratar a máquina de modo pejorativo deve ser banida imediatamente" (Norbert Wiener, 1950).

Acho que essas suas visitas a civilizações antigas lhe despertaram, talvez em excesso, o gosto pelo passado, e, em vez de lhe dar uma maior compreensão do mundo, pode te levar a viver numa época passada e se esquecer de que está na era da máquina, da automação, dos computadores. Novos problemas exigirão novas soluções.

Acho muito bonito, muito lindo e muito passado, tudo isso de que você gosta tanto. A gente deve usar os ensinamentos e as experiências de grandes cabeças de outras épocas para compreender e viver a nossa época.

Já estou te vendo de "bandós negros e camafeus", imersa em profundas meditações sobre arte grega e bizantina. Esquecida de aplicar seus conhecimentos hoje, e não estudar pelo simples prazer (ou vício) do conhecimento e da erudição, que é uma coisa que detesto. Século XX, amiguinha linda, cibernética, eletrônica, arte de massa, comunicação de massa, máquina-homem-coletivo.

Depois explico melhor, mas acho estranho produzir uma arte que só será contemplada por uns poucos privilegiados, não vivemos mais o tempo da contemplação, mas da participação.

Você pode estar pensando que estou com ódio da Arte. Não é verdade, pois adoro a Arte, mas eu a coloco no seu devido lugar no tempo e no espaço. Conversa longa.

Apavora-me a ideia de te ver de óculos, com cara e voz de professora, discorrendo horas a fio sobre fatos passados e enterrados (embora bacanas) sem tirar deles o que interessa: a experiência para entender o seu mundo. E vivê-lo, como Zorba fazia, com o máximo de amor, coragem e grandeza.

Já não ando achando mais graça em quase nada. É muito amor que eu tenho pra te dar. Venha buscá-lo logo.

Todos os meus beijos,

Nelsinho

São Paulo, 13 de julho de 1965

Minha amadinha,

Está boa e linda?

Imagine você que estou nessa terra fria e cinzenta desde o começo do mês. Nossa terra, aliás. Razão: meu tio Candão tem uma das maiores agências de publicidade de São Paulo, a Nacional de Propaganda, é meu padrinho, e me convidou para um estágio nas férias, ele quer me preparar para ser seu sucessor na agência. Daqui a um ou dois anos ele quer abrir uma filial no Rio... Já pensou, eu, um "creative director" na tão execrada publicidade...

Não pense que vou abandonar o design para me dedicar à tremendamente complexa e fascinante publicidade. Acontece que no nosso querido Brasil o momento é de crise total na indústria e no comércio. Fábricas enormes trabalhando só três ou quatro dias por semana. Pequenas fábricas fechando. Desemprego em massa. Queda pela metade na produção. O comércio em desespero vendendo tudo pela metade do preço e mesmo assim ninguém compra. As perspectivas são parcas e nubladas. Eu, que não sou louco nem posso viver de comer idealismo, vejo como mínimas as minhas possibilidades de afirmação profissional e econômica como designer. Pelo menos nos próximos três ou quatro anos.

Reina um desânimo total no seu querido país. Não existe mais aquela euforia juscelinista, com pesquisas, inovações, movimentos artísticos. Eu esperava 1965 para votar nele, mas...

Música e teatro repetem velhas fórmulas comercìais. Ninguém quer arriscar. Cinema, então, nem se fala, a produção brasileira este ano será, no máximo, de dois ou três filmes. Como se vê, o negócio não está para brincadeira.

E a publicidade? Ah, a publicidade só cresce, não sofre com a crise. O desespero de vender do comércio e da indústria traz um grande benefício para a publicidade. E, em tempos normais, sem crise, sempre haverá necessidade de consumir e vender.

Conclusão: pretendo trabalhar em publicidade. Você vai ver como é fascinante. E continuar estudando design. Quando as condições desse país melhorarem, poderei trabalhar como designer, sem largar a propaganda.

Nem preciso dizer que você está superincluída nos meus planos. E, além disso, acho que sem você não vou ter ânimo algum para fazer tudo que planejo.

Ah, que saudade do seu corpo lindíssimo ao sol europeu. O sol de Ipanema deve estar morrendo de ciúmes, como eu.

Embora você não goste muito desses assuntos, espero que reconheça a importância deles. Você tem um corpo lindo, que me agrada demais e também me liga a você. Negócio de amor espiritual e platônico pode ser bonito, mas em livros e poemas. Há que se tratar bem a "carne fraca", é importantíssima e sem ela não há um amor completo. Desligar amor de sexo é quase impossível, sabia, minha bela "quaker"? Acho que preciso iniciar o processo de "despuritanização" da minha cerebral e inatingível Ana Luisa.

Imagino que você esteja enrubescida, minha flor! Viu como eu sei as coisas que te deixam encabulada e como sei brincar com você? Ficou sem jeito, amor?

Voltando à seriedade. A respeito de Piero della Francesca, ainda temos muita briga pela frente. Não que eu não goste, adoro, mas tenho conversado muito com o Décio e mudado meu pensamento sobre artes e artistas.

Você sempre me manda muitos beijos e isso me preocupa. Será que já esqueceu das lições daquele livrinho hilariante do Otaviano, *A arte e técnica do beijo*? Não faz mal se esqueceu. Não tinha aprendido quase nada mesmo... Quando voltar, iniciaremos um curso intensivo. Uma ideia bem agradável, não é, minha pura puritana?

Tenho medo de ter exagerado e te apavorado um pouco no que diz respeito à situação nesse seu lindíssimo e ensolarado país. Só que o ensolarado não vale para São Paulo no inverno.

Você não imagina o meu contentamento quando minha mãe me falou que chegaram duas cartas suas, das gordas. Desde o início do mês eu ligo todo dia para casa perguntando das cartas, mas a resposta é sempre a mesma: nada. No fim, eu já nem perguntava mais, ela ia logo dizendo: nada.

Pensei: é, vai ver que a moça me desamou. Depois passei a ter quase certeza disso. Mas mesmo assim meu amor por você não diminuiu em nada. Pensei de novo: é, desamou, mas talvez, quando ela chegar, pode ser que a gente conversando, sei lá como...

Acho antinatural fazer força para negar um amor. Vamos ver o que acontece. Sou contra fazer força para dar amor e, pior, negar amor.

"Não ser amado é apenas falta de sorte, mas não amar é uma verdadeira fatalidade", Camus volta sempre à minha cabeça e coração falando do absurdo da existência. E espero que chegue a você.

O negócio é que seu raciocínio foi perfeito. Eu, no seu lugar, pensaria a mesma coisa. O seu pensamento foi lógico. Leninha chegou, Nelsinho voltou a amá-la e eu sobrei. Ela chegou e ele não me escreveu mais. É, perdi essa. Tudo muito lógico... e falso. Te amo muito e nunca deixei de te amar. Eu ia morrer de rir com a sua "perspicácia genial" se você tivesse escrito e mandado a sua "carta mental". Em termos de inteligência, dá para fazermos uma boa briga, mas, na experiência de vida, mil a zero eu.

Olha, se você achar ridículo dois namorados se beijando na rua, eu te desamo imediatamente. Onde já se viu? Isto é seríssimo. Não repita mais. O castigo será sair com você pela rua lhe dando mil beijos. Na boca. Na frente de todo mundo. É ridícula essa história de "impingir aos outros nossos sentimentos" e outras bobagens do gênero, olha quem quiser.

E precisa perder essa mania de que tudo tem uma compensação. Você fala "a gente tem que viver com medo de perder as coisas etc.". Tem, uma banana! Vive assim quem quiser. Eu, por exemplo, não vivo. Sou mais livre do que você. Pense, pense muito em mim que eu te amo muito.

Mil beijos,

Nelsinho

Rio de Janeiro, 18 de julho de 1965

Minha lindíssima,

Você está boa? Estou te achando meio preocupada por causa de umas cartas que você pensa que não escrevi. Engano seu. Como você já deve ter recebido minha enorme carta do dia 13, deve estar se achando meio boba por ter pensado que eu te esqueci, ou, mais grave ainda, que estou com preguiça de lhe escrever, o que equivaleria à preguiça de te amar...

Nada disso está certo porque eu te amo com todo o meu coração e o pleno apoio de meu cérebro.

Quanto a ir te visitar, agora em julho é impossível. Meu pai não concorda, embora eu implore. É definitivo, com meu$ próprio$ meio$ fica impo$$ível.

Além disso, estou trabalhando em São Paulo e não posso parar no meio do que está sendo útil para mim. Estou desenhando o rótulo de uma lata de azeite de um cliente da agência e abandonar o trabalho seria uma grande decepção para o meu tio. Estamos em estado de paixão absoluta. Ele é muito inteligente e tem muitas ideias.

Meu pai disse que, depois do casamento de minha irmã, lá para agosto ou setembro, é bem provável que eles viajem e me levem com eles. Bem provável mesmo.

Helô me disse que sua mãe teria que voltar para o Brasil em novembro, quando termina a licença dela na faculdade...

Se só te amar loucamente e precisar de você de um modo obsessivo não é o bastante para que você volte em novembro, tenho outras razões, materiais e imediatas, que quebrariam toda a beleza de você voltar espontaneamente, mas serviriam para te convencer a voltar logo, que é, no duro, o que importa para mim.

Sei que você deve estar escandalizadíssima, na sua natureza gelada e cerebral. No mínimo, deve estar pensando: "O Nelsinho é meio louco. De fato eu gosto muito dele, mas não posso perder cinco meses de Paris. E a minha 'cultura', a minha 'formação'? Tenho que estudar e me preparar, muita teoria. Amor, depois eu penso. O importante não é viver a vida, é entendê-la, para depois, com uma 'sólida consciência' das coisas, estar capacitada para vivê-la intensa e 'requintadamente'. Os livros existem para isso: ensinar a gente a aproveitar a vida. Não, não posso. Nelsinho vai me desculpar, mas tenho coisas 'importantíssimas' para aprender nesta cidade onde já vivi quatro meses."

Agora sou eu que falo:

Você não entende que tem um "déficit existencial" enorme, que para compreender a vida é preciso, antes de tudo, vivê-la? Não entende que é com nossos erros que aprendemos coisas importantes e que, em termos de vivência, você é uma adolescente inocente? Que a grande e maravilhosa experiência do amor você só começou a conhecer com 20 anos de idade? É necessário conhecer as pessoas e o mundo em que se vive. É preciso participar, em termos totais, de tudo que nos é dado ver e sentir. É, acho que não tem jeito mesmo: amo um cérebro...

Você tem que ler um pouco de Hemingway para ter o sentido da "grande aventura da vida". Pergunte a seu pai.

É incrível como você pode gostar de Camus, deveria odiá-lo...

Não, não confundo "fúria de viver" com irresponsabilidade, são ideias até antagônicas.

Então eu posso perguntar: de que lhe adiantarão esses cinco meses a mais em Paris? Um pouquinho mais de cultura e conhecimento, que só valem quando já atingimos um estágio de evolução e compreensão da vida e do mundo em que vivemos. Se você voltar para cá, terá duas coisas muito importantes: amor e experiência. Só em raros momentos a vida nos oferece isso, é imprescindível aproveitá-las completamente.

Ou você pensa que vai ter amor e experiência quando quiser? Vai chegar em uma loja e pedir "me vê aí dois quilômetros de experiência e cinco megawatts de amor"?

Meu amor, milhões de desculpas por estar sendo meio duro com você. É só um sinal de que me preocupo muito com você, com a sua felicidade. Por isso quero para você o melhor, que possa gozar a vida em sua maravilhosa plenitude, e você nem desconfia que isso exista...

Você nem imagina como detesto ter que falar em termos de "compensações". Você vem e ganha isso. Fica e tem aquilo. Vamos nos libertar um pouco dos cálculos. Que medo absurdo você tem de levar a pior em alguma coisa... Se levar, vai ver que não é tão ruim assim, vai ter a sensação de que viveu.

Que perdeu exatamente porque jogou. E só ganham os que jogam. Quem fica só olhando o jogo dos outros tem apenas uma fração da sensação e da beleza de ganhar ou perder. Mas há quem se contente com esses fiapos de emoção e diga: "Há que ser seguro, ganhar não é necessário, o importante é não perder nunca." A grande força é perder, mas saber começar de novo e recuperar tudo e mais alguma coisa.

Você nunca vai ter essa sensação maravilhosa de força plena e grandeza se continuar só olhando timidamente o jogo dos outros. Viva, minha linda! E sem medo, porque estarei ao seu lado para o que der e vier.

Volto a lhe pedir que me perdoe a rudeza do que deveria ser uma carta de amor. E é. Em toda sua extensão é uma enorme declaração de amor.

Talvez eu te veja em setembro, mas de qualquer modo espero aqui em novembro. E sem broncas e lições de moral, minha linda professora.

Milhões de beijos do seu apaixonadíssimo

Nelsinho

Rio de Janeiro, 16 de agosto de 1965

Está boa, amor? Eu vou indo ótimo. E muito contente! Porque vou ver minha amada!

Parto para a Europa dia 2 de setembro com meus pais e minha irmã Graça. Já está tudo pronto. Passagens, hotéis, faltas nas escolas, tudo. A menos que aconteça algum imprevisto, daqueles bem imprevisíveis mesmo, no dia 3 de setembro estarei em Madri para ficar uns cinco dias e em seguida dez dias em Paris, amando loucamente essa linda criatura. Depois passamos quatro dias em Londres (muito pouco, adoro a cidade) e de lá vamos a Viena. E por que Viena? Porque é a sede do International Congress of Industrial Design, do dia 20 ao 25, com os maiores nomes do design mundial. Convenci meus pais a irmos a Viena para que eu tivesse um pretexto para poder viajar sem prejudicar a Escola.

Falei com Herr Meister De Curtins e disse que iria para o congresso e as faltas serão abonadas. E, já que estaria na Europa, iria aproveitar mais uns quinze dias para aprimorar minha cultura e visitar outras escolas de design.

Faça uma força enorme para estar em Madri do dia 3 ao 7, mas me encontro com você em Paris no dia 7. Você vai estar lá, né? Mas, para tanto, preciso de vosso endereço, mademoiselle. E telefone!

Acho que também há uma possibilidade de você ir a Londres, né? Com sua avó. Aí ficaremos juntos mais quatro dias.

Se você fizer força e quiser muito, ficaremos uns vinte dias juntos. Se ficar de bobeira, sem encher o juízo dos seus pais para te autorizarem, vou te ver apenas dez míseros e mixuruquérrimos dias.

Meu tio Paulo esteve em São Paulo com a Mariza, ou Marize, assistente do seu pai, e ela disse que você gosta muito de mim. Obrigado.

Milhões de beijos que espero lhe dar pessoalmente muito em breve,

Nelsinho

PS: Não se esqueça. Madri, dia 3. Madri, dia 3. Madri, dia 3.

Paris, 11 de setembro de 1965

Minha linda adorada,

Você não imagina o quanto te amo, nem eu mesmo consigo imaginar o quanto sou seu...

Foi preciso te perder por uns dias para ter a dimensão de nossas coisas.

Por favor, venha logo para Paris, no dia 15, ou antes, ontem.

Estava fazendo uma pressão enorme para irmos para Viena de avião e ganhar mais dois dias em Paris, mas minha mãe morre de medo de avião e está irredutível. Passagens de trem compradas.

Tenho visto vários filmes lindos aqui. Teve dia que fui a três filmes. Em Londres, vi *Help*, o novo dos Beatles, dirigido pelo mesmo e genial Richard Lester de *A Hard Day's Night*. O filme é ótimo! Um deboche total. Depois conto tudo direito. Também vi outro do Lester, *The Knack*, que até ganhou em Cannes este ano.

QUE FILME LINDO, AMOR!

Pensei em você o tempo todo, comovido com tal domínio da linguagem cinematográfica. Apesar de ser uma comédia engraçada, deu vontade de chorar. Emoção. Vamos conversar uns dois dias sobre o filme. Mas primeiro vamos ver/rever juntos. Está passando em Paris.

Ontem vi *Il momento della veritá*, do Francesco Rosi, belíssimo filme sobre um toureiro, interpretado pelo real Miguelín. Gostei mais de *O bandido Giuliano*, mas ele pegou bem a alma espanhola. As cenas de tourada são incríveis.

Ontem saí com o amigo Fernando Amaral, fotógrafo, que está morando aqui, e passeamos horas pela Rive Gauche, Saint-Michel, Saint-Germain, tudo liiiindo. Sempre imaginando que só faltava você para eu ser um homem completamente feliz.

Venha logo para passearmos muito, todo lugar é lindo junto de você.

Todos os meus beijos e minhas saudades ansiosas,

Nelsinho

PS: Seus "beijos de aprendiz" são a melhor coisa que há no mundo. Não os troco por nada.

Viena, 20 de setembro de 1965

Minha amada lindíssima,

O famigerado congresso começa mesmo amanhã. Mas já vi de longe o famigerado Wollner. Quando fui buscar as credenciais, ganhei mil coisas lindas, super "design". Uma tremenda organização. Tudo maravilhosamente cinza e branco...

Você ia adorar Viena, talvez a cidade mais "requintada" (usando seu termo favorito) que conheci. Parques maravilhosos, museus, as mulheres e homens mais bonitos que vi nesta viagem. Uma coisa! Belezas "requintadíssimas"...

Dia a dia me convenço mais. Tom Jobim tem toda razão: "É, só tinha de ser com você"...

Também queria recomendar *The Collector*, um terror psicológico do William Wyler. Um louco colecionador de borboletas sequestra uma mulher e eles desenvolvem uma relação de amor e ódio muito intensa. Com dois atores fantásticos, Terence Stamp e Samantha Eggar. Música lindíssima, bem inglesa. Tenho a impressão de que vamos brigar um pouco por causa desse filme. E, se nossos argumentos não coincidirem, cuidado! Ando muito inteligente...

Imagine que eu tinha comprado o perfume que você gosta, mas, na pressa de sair, esqueci de lhe dar. Mas é meio atrevimento dar perfume para quem mora em Paris, né?

Escreva para mim. Nem que seja só para me dar um beijo e dizer "te amo".

Hotel de la Paix, Quai du Mont-Blanc, Genebra.

Todo meu amor e meus beijos,

Nelsinho

Viena, 21 de setembro de 1965

Amor lindíssima!

Tudo ótimo? Está me amando muito?

Muito contente porque não vou mais ter que aturar o Wollner. O meu querido mestre, amigo e guia espiritual Décio Pignatari está aqui!

Imagine minha surpresa e alegria ao me deparar com aquele tão grande e querido nariz. Aliás, o nariz chegou ontem e o Décio hoje.

O congresso promete maravilhas.

Com o Décio, estivemos bastante com o Maldonado, atual reitor da escola de Ulm, nossa catedral do design.

Você não sabe de nada, a Ulm de hoje é muito diferente da Ulm de dez anos atrás, de que a gente ouve falar e cuja "filosofia" da Escola a gente domina, onde se formaram o Bergmiller, o De Curtins e o Wollner.

O Décio vai a Paris. Está muito interessado no Institut de Communication de Masse. Converse com ele e aproveite a oportunidade para entrar um pouco no século XX...

Não se assuste com o aparente radicalismo e os conceitos do Décio. Depois você acostuma e tudo faz sentido perfeito.

Mil beijos e todo meu amor,

Nelsinho

Innsbruck, 25 de setembro de 1965

Minha linda,

Tudo bom? E o coraçãozinho de gelo?

Aqui é tão lindo... tão gelado...

Eu fico passeando, passeando, pensando em você, olhando as coisas bonitas, com uma esperança maluca de que você apareça de repente...

Enquanto passeio por parques e ruas antigas, você vai me aparecendo, sempre linda, quase ao meu lado. Então eu me lembro de nós numa festa horrível na casa da Ana Maria Gruber. Outra festa chatíssima na casa da Marilu. Aquela vez que fomos jantar com Renato e Sonia e foi bem chato. Mil coisas.

Já li sua carta de Lisboa umas 612 vezes. Continuo não entendendo muito o que você chama de "lamentáveis ocorrências". Só me lembro do meu terror e emoção quando fui almoçar com seus pais na Rua das Janelas Verdes, de *Os Maias*, que já conhecia antes de pisar. Estava apavorado e queria passar uma boa impressão, mas precisava não exagerar. Que linda a pousada! Na minha paranoia, seriam dois professores severos me interrogando como pretendente da filha.

Mas eles foram gentilíssimos, encantadores, e me senti à vontade. O terror veio quando serviram o almoço. Eu detesto peixe! Não como de jeito nenhum. E só tinha o maldito peixe. Fui amassando uns bocados junto com o arroz, prendendo a respiração para não sentir o cheiro e engolindo com um golão de água. E espalhando mais da metade pelos cantos do prato. Ufa. Esta foi a maior prova. Mas parece que fui aprovado, né?

Hoje achei no bolso esses tickets de metrô que sobraram de nossos passeios em Paris. Souvenir.

Mil beijos e todo amor que existe,

Nelsinho

PS: Fico em Genebra até 2/9. Trabalho do meu pai. Detesto Genebra, acho chata. Depois, Milão – Hotel Dei Cavalieri.

Genebra, 2 de outubro de 1965

Minha adorada,

Estou escrevendo para você em "estado de graça". Acabo de ouvir sua voz no telefone me falando o que eu sempre quis ouvir, que me ama muito e que vai voltar logo para o seu lugar – ao meu lado. O resto interessa bem menos.

Sua carta "horrível" eu não acho tão horrível assim. Só fiquei um pouco magoado com certas depreciações que você me fez. E esta não foi a primeira vez.

Eu não sou tão ignorante quanto você pensa...

Lamento lhe dizer, mas você está num caminho totalmente errado para tentar entender e participar das coisas maravilhosas, e horrorosas, da condição humana. Hoje a grande preocupação das pessoas bacanas é a comunicação, é a massa, é o bicho homem como totalidade. A televisão, o cinema, as fotonovelas, James Bond, Beatles, a pop art, histórias em quadrinhos, design, alta tecnologia, essas coisas que SÃO o homem do século XX.

Todos procuram fazer ou criar coisas que possam ser compreendidas e apreciadas pelas pessoas. Coisas que possam ser úteis a milhões. É como se a qualidade só tivesse sentido junto com a quantidade.

É uma forma de "educar a massa", expressão que detesto, porque acho que essa educação não pode ser de cima para baixo. Tem que ser também de baixo para cima. Feedback. Troca de informações. Diálogo. É um processo.

Um produto industrial, ou uma mensagem publicitária, tem que ser feito de acordo com o "repertório" cultural de quem vai comprar o produto ou ler a mensagem.

Uma linda cadeira de "good design", de produção industrial, se não atinge sucesso de vendas, isto é, se não é entendida pela massa, perde seu sentido como design. Produção em massa só tem sentido se houver consumo em massa. Pode até ser arte, artesanato, mas design não é.

É um papo longo e sério que vai ficar para novembro...

E você, linda e requintadíssima, pairando acima de todas essas "vulgaridades", vendo seus filmes de arte nos estúdios da Rive Gauche, admirando as obras-primas da Renascença... E ainda vem me falar em "ajudar seu povo sofrido" e outras demagogias populistas...

Você só pode entender o povo se conseguir aprender a sua linguagem. E a linguagem do povo é o que você chama de vulgaridade.

Comprei três livros ótimos. *Discrimination and Popular Culture*, de Denys Thompson, é um guia da nova cultura de filmes, revistas, livrinhos de pulp fiction, histórias em quadrinhos, publicidade – e logo onde, na pátria do pop, os Estados Unidos.

La cybernétique et l'humain, de Aurel David, sobre a ciência das máquinas e da informação. Estou na metade. Extraordinário.

Em termos de cibernética, tudo é provavelmente exequível. Mas tudo mesmo. Menos você aparecer agora do meu lado.

J'aime le cinéma, uma enciclopédia maravilhosa de Franck Jotterand, e vou comprar mais dois dessa coleção: *J'aime la corrida*, sobre touros e toureiros, e *J'aime la danse*, para dar a uma pessoa que eu amo muito e ama a dança...

Aliás, seu querido Maurice Béjart foi citado num debate do congresso de design, junto com problemas de educação na Bélgica, Webern, Stockhausen, Mondrian, Teoria dos Conjuntos, Geometria, tudo junto.

Hoje vou ver *Sorrisos de uma noite de verão*, do meu querido – e seu detestado – Bergman. Depois, a banda de Count Basie, jazz, você deve achar meio "vulgar"...

Genebra é meio bonita mesmo, você tinha razão, depende do olhar.

EU TE AMO! EU TE AMO!

Milhões de beijos e de desculpas pelas possíveis grosserias e burrices,

Nelsinho

PS: Roma, até o dia 16, Hotel Majestic, Via Veneto.

Genebra, 4 de outubro de 1965

Minha lindíssima,

Que beleza! Assim que acabei de falar com você na cabine telefônica, me deram na recepção uma enorme carta sua, toda em verde e azul.

Sua memoriazinha anda meio fraca... Você se esqueceu de que fui eu que lhe falei do livro do Maurício Rittner, em Lisboa, passeando pelo Rossio à noite. Lembra? Depois até você falou uma imensa bobagem: que estava chateada porque o livro do seu pai era um best-seller. Muito grave isso.

A qualidade da obra em si é outro caso, é arte, mas é a popularização, não a vulgarização do produto, que lhe dá um sentido e um significado. O fato de alguma coisa se tornar popular atualmente não é motivo de vergonha, mas de muito orgulho.

Voltei do almoço feliz e bem alimentado.

Fui ver *Sorrisos de uma noite de verão*, do Bergman, e gostei, mas considero *O silêncio* muito melhor.

Discordo de você quanto ao *Help*. Sobre o "formalismo" de que você acusa o Lester, eu não tenho nada contra, pelo contrário. É estilo. Sou contra o formalismo quando prejudica uma ideia em favor de uma estética. A forma de narrar do Lester não prejudica o conteúdo, valoriza-o. O humor visual, os absurdos, as músicas maravilhosas, e os Beatles em grande atuação, especialmente John e Ringo.

Não quero que você fale mais da "tal carta". Eu não dei muita bola. Prefiro interpretar como um desejo seu de que a pessoa que você ama seja "culta e sábia" para, só assim, como diria o livro de discursos do Otaviano, "atingir os mais altos píncaros da compreensão da vida, do mundo e da humanidade"... São pontos de vista, amor.

Voltando aos Beatles, *Help* é bem mais ambicioso do que *A Hard Day's Night* – quando foi apresentado, ninguém acreditava no filme. Se fosse apenas regular, já seria uma grande surpresa para todos, acostumados às baboseiras dos filmes de Elvis Presley. Quem não acreditava que o filme fosse tão bom era a crítica, não o Lester. Ele queria fazer diferente, mostrar um estilo pessoal, aparentemente uma brincadeira, mas tinha grande ambição artística. Como afinal foi reconhecido até por quem não gostava dos Beatles.

Acho que você não entendeu bem no telefone quando eu disse que as coisas só valem junto de você. Eu não dependo de você. Você está tão dentro de mim, que seria como não depender de mim mesmo... O que eu queria dizer é que eu sozinho seria incapaz de gostar de algumas coisas que, se você estivesse comigo, seriam ótimas. Nós falaríamos mal, debocharíamos, faríamos gozações, nos divertiríamos. Passear pelo plácido Lac Léman sozinho é o fim. Com você, a melhor coisa do mundo... Entendeu, amor?

Estou meio preocupado depois de nossa conversa no telefone. No seu dicionário, "logo, logo" significa cinco meses. Para mim, é dezembro. Mas, como você não tem pressa para nada, não "ajude a fatalidade", tudo pode esperar... Atenção!

Não se preocupe com seus "pedregulhos, espinhos e mau humor". Misturei tudo, pus um pouco de sal, e ficou uma sopa razoável, que tomei com prazer. Juro que tudo que vem de você é sempre lindo.

Adorei você mandar "muito beijo comprido". Siga sempre assim, este é "o caminho da Luz e da Verdade"... Estou rindo aqui.

O Adonias Filho, amigo de meu avô (e autor do maravilhoso romance *Corpo vivo*), me ofereceu três capas de livros (não dele, da Civilização Brasileira) para fazer. O negócio foi muito em cima da viagem e ficou um pouco nublado. Assim que chegar, vou convocar o Renato e mandar brasa. Mas nada de cores discretas, equilíbrios cromáticos, mas capas que gritem, digam alguma coisa.

Por falar em discrição cromática, suíço é uma gente muito chata e esquisita. Imagine que ontem, domingo, um amigo de meu pai acordou com uma terrível dor de dente, daquelas que te põem louco. Deu mais de vinte telefonemas para dentistas e sempre a mesma resposta: "Domingo eu não trabalho." No desespero, foi ao hospital público, emergência. "Dentista só em dias de semana."

Às nove da noite, finalmente, conseguiu um dentista que aceitava atendê-lo.

Comentário do meu tio que mora lá: "Ou esse cara não é suíço, ou não é dentista."

Disseram que um cara da embaixada perdeu a mulher que passou mal num domingo. Por falta de atendimento apropriado.

Isto que é civilização? Uma banana! E bananas mis para essa suiçada selvagem.

Vidas secas é realmente FANTÁSTICO. Pra mim, é o melhor e mais equilibrado filme brasileiro. Aquela fotografia de luz estourada. A secura da linguagem e da paisagem de Graciliano, a "música" daquele carro de boi rangendo. Tem uma dimensão poética imensa.

Talvez o seu senso de "requinte" te prejudique na compreensão da miséria, do povo, e do que você chama de "dignidade humana". Não tenha medo de descer um pouquinho ao popular, meu amor, às vezes ele é bom. E, mesmo quando não é, ajuda a entender quem o fez e por que, em que condições, e nos dá uma melhor visão do que realmente é bom.

Que carta enorme, parece que estou economizando papel com a letra pequena...

A tal "obsessão" sexual de que você reclama é inerente ao ser humano e aparece em todas as suas manifestações, algumas mais veladas, outras mais evidentes. Não é só sexo, é a energia vital que move o amor, a criação e a busca da felicidade.

Você diz "até na propaganda", mas deveria dizer "principalmente na propaganda". Nada melhor para chamar a atenção e mexer com o comportamento do público que o apelo sexual. É irresistível. Sempre.

Compreendo, e às vezes quase aprovo, o seu jeitinho saudável, alegre e inteligente de reclamar. Essas conversas sobre sexo às vezes podem ser meio chatas e constrangedoras. Às vezes, amor!

A vida em Viena é bem mais barata do que em Paris. Hotel é mais ou menos quatro dólares. Almoço: um dólar.

Milhões de beijos e todo meu carinho e amor,

Nelsinho

PS: Florença, Hotel Savoy. Roma, Hotel Majestic.

Genebra, 5 de outubro de 1965

Minha adorada,

Tudo bom?

Parece meio incrível que depois do "tratado" que lhe mandei ontem ainda haja assunto.

A máquina existe para tirar do homem os trabalhos que não são dignos do homem. O trabalho "asservi", o trabalho intelectual coagido aos objetivos. Nós não precisamos calcular, para isso existem os computadores, que executam todos os cálculos em muito menor tempo, sem margem de erro. Este tempo que se ganha com o computador é o "tempo vago", isto é, para se dedicar a seu verdadeiro destino, à sua real atividade intelectual. E humana!

"Todo trabalho motivado por um objetivo vindo de fora (mundo exterior) não é nem intelectual nem especificamente humano. Ele poderá, mais cedo ou mais tarde, ser confiado a uma máquina."

O "titio" Norbert Wiener e suas "escrituras" estão me ajudando a entender muita coisa.

Você sabe que já existe uma máquina de traduzir? O tempo enorme que sobra pode e deve ser empregado em uma atividade mais humana e criativa. "Tempo vago" não quer dizer recreio ou vagabundagem, mas a real atividade humana e intelectual.

Pense nessas coisinhas e veja o mundo de possibilidades que vai surgir à sua frente. Eu acrescentaria: "mundo maravilhoso"!

E nosso mestre Décio, apareceu por aí?

Eu disse a ele em Viena que ia casar com você, ele riu e falou: "Aprovo plenamente, um excelente casal."

Embora eu queira realmente casar com você, reconheço que é um pouco cedo para pensar nisso.

Disse a ele que daria tudo para ver a cara do seu pai quando ele lhe contasse "as novidades", termino rindo aqui.

Todo meu amor e todos os beijos,

Nelsinho

Milão, 6 de outubro de 1965

Meu amor,

Tudo estava tão bom... tão lindo... Milão, que eu gosto tanto... mas...

Fui ver *Vaghe Stelle dell'Orsa*, do Visconti, e saí do cinema a zero. Poucas vezes um filme me tocou tanto. Levado pela história, sem ter tido tempo para reflexões sobre o que tinha visto. Saí do cinema meio tonto. Andei. Andei. Andei. Pensei em você, quis você, e agora me consolo te escrevendo. E errando na regência, minha querida professora, para não corrigir à mão, que detesto. Mas não estou em estado de ligar para gramática.

Eu com mil coisas lindas para dizer e tenho que interromper tudo para justificar uma besteira, para você não pensar que sou mais ignorante do que sou...

Hoje é um dia em que preciso especialmente de você. O filme abalou muito minha cabecinha duas horas antes vazia, burra e despreocupada, agora cheia de indagações, de reflexões, de pensamentos mais ou menos angustiantes e sombrios. Os sentimentos meio incestuosos entre irmã e irmão são muito perturbadores.

Não faz mal. Vou pensar, solucionar os enigmas, vou aprender muito, vou te contar tudo.

E logo hoje que eu ia te escrever uma carta alegre e meio irresponsável, como eu.

Ia te contar um negócio gozado que li numa revista. O título de uma reportagem sobre afrodisíacos (sabe o que é isso?), parodiando o slogan da Shell: "Mettete un tigre al vostro amatore" em vez de motore. Coisa de italiano debochado.

Que mais? Queria você aqui comigo, queria você sempre comigo.

Milhões de beijos,

Nelsinho

Florença, 8 de outubro de 1965

Meu amor,

Ah, se você soubesse quanto a sua enorme carta me entristeceu...

Sim, é isso mesmo, toda a minha alegria ao receber aquele envelope gordo virou nada.

Tenho a exata sensação de que a carta que recebi foi escrita pela sua mãe. Com todo o respeito e sem a menor intenção pejorativa, muito pelo contrário. A carta é uma discussão entre duas pessoas inteligentes e diferentes. Só que sua mãe não é minha namorada!

Você não disse nenhuma vez que gostava de mim, que precisava de mim, que sentia saudades. Nada. A carta é quase impessoal, poderia ser para o Joaquim, o Amarílio, o Flávio de Aquino ou a Kiki...

Você se preocupa tanto em mostrar que é inteligente, de fazer valer seus pontos de vista, que se esquece de que está escrevendo para uma pessoa que te AMA muito e que espera um amor igual da sua parte.

Posso até entender a carta como um desejo seu de que eu participe dos seus pensamentos, das "suas coisas", mas não sou nem citado entre elas.

Acho que agora você entende por que não gosto de escrever cartas enormes propondo mil problemas seríssimos. Você se empolga com as "intelectualidades" e se esquece de amar. Você me escreveu seis ou sete páginas. Não podia ter escrito cinco de "intelectualidades" e "programas para salvar o mundo", e apenas uma, só umazinha, das "nossas coisas"? Planos, esperanças, descobertas...

Você deve ter escrito a carta com óculos de professora, com uns duzentos óculos. Minha professora adorada.

Estou tão triste que me sinto sem ânimo algum para responder aos seus professorais pontos de vista. O Décio é burro. Rodin é genial. Flash Gordon é ridículo. Os gregos eram os maiorais. E tudo mais. Concordo com tudo que você quiser. Digo o que você quiser que eu diga. Você é absolutamente genial e tudo que você diz é rigorosamente certo.

No momento, só queria passear de mãos dadas com você pelo Parc Monceau.

Todo meu amor e meus beijos,

Nelson Candido

Florença, 9 de outubro de 1965

Meu amor,

Ontem, logo depois que acabei de ler a sua carta, mergulhei em uma tristeza que não cabia em mim e lhe escrevi contando. Às vezes, a gente quer ouvir uma coisa, escuta outra e fica triste e desapontado. Mas já passou, mais ou menos, e já estou em condições de lhe escrever algo mais substancioso, menos melado e "sedento de carinhos"...

Talvez eu tenha sido meio injusto. Mas, se fui, foi pelo amor enorme que sinto e o meu desejo de que você "acusasse o recebimento" dele.

Quero desfazer essa sua impressão da minha "Deciolatria". Eu o considero realmente muito bom e tenho consciência de alguns defeitos dele, mas, naquele mar de burrice e estreitismo em que habito, é uma pessoa aberta, evoluída, com quem se pode conversar e aprender.

E sinto por ele um certo dever de gratidão, pela minha iniciação nessas coisas que você mesma reconheceu serem importantes e necessárias e "historicamente perfeitas". Ai, que expressão pedante. Desculpe.

O fato do Décio não se fazer bem entendido não tem nada a ver com as suas ideias e teorias serem certas. Mas concordo que ele às vezes não se exprime muito bem. Nas primeiras conversas, também fiquei meio confuso. Depois, quando já conhecia alguma coisa sobre os assuntos de que ele falava, ficou mais fácil. Começamos a usar "o mesmo vocabulário".

Ele pressupõe certos conhecimentos nas pessoas com quem fala. Acha perda de tempo discussões e definições preliminares. Diz que assim não se começa nunca.

Você diz que o Décio expõe como um técnico. Mas é claro, todas as preocupações dele são técnicas e a nossa época é, indiscutivelmente, a dos técnicos. Os astronautas são o símbolo do homem do século XX. A técnica levando o homem a grandes conquistas, iniciando novas eras na civilização.

Ninguém quer destruir o passado para se afirmar. Acho os impressionistas geniais, mas o cara que pinta um quadro impressionista, hoje, para mim, é um palhaço.

Muito bacana o seu pai dizer que o mundo dele, o literário, está acabando. Eu diria que o de sua mãe, o da Estética, vai acabar primeiro, está nos estertores. Calma, vamos conversar mais depois.

E quanto ao mundo que está começando, o nosso?

Você ainda está muito ligada na "coisa em si", no objeto único. O próximo passo é a quantidade, a multiplicação, a comunicação. É o que mais interessa.

Você está bem errada e aristocrática quando fala no "embrutecimento da massa". O tema "educação da massa" é complexo e não só de cima para baixo, repito. Troca de informações entre o desejável e o possível. Depois voltamos ao assunto.

Te queria muito aqui ao meu lado. A Ponte Vecchio é toda sol e cheiro dos Medici. Dante e Maquiavel já perguntaram várias vezes se você não vem. Galileo e Michelangelo estavam discutindo num bar a formação de ataque do time da Fiorentina. E Lorenzo de Medici está possesso porque rasgou a calça de veludo.

Adorei o "erotismo tão carregado" que você disse que gostou em Rodin. Aplique-o! Ha ha ha.

A propósito, quando você brincar de estátua, a beleza clássica é nua...

Mas não dá para comparar Rodin com os pop e os "construcionistas", é uma bobagem enorme. São qualidades heterogêneas que buscam objetivos diferentes. Uns buscam destruir, através do deboche, a arte "tradicional", fazer a antiarte, vide o Dadaísmo. Os surrealistas não queriam mudar só a arte, mas a vida. A questão é que, quando o objeto é deslocado para fora do seu contexto habitual, adquire um novo significado e novo valor estético. É a pop art americana.

A lata de sopa Campbell fora do supermercado, na moldura, vira outra coisa.

Ainda sobre o *The Collector*, que em francês se chamou apropriadamente *L'Obsédé*, a obsessão do colecionador de borboletas, e de mulheres, é um caso patológico, com sua ideia de fazer-se amado pela sua prisioneira. Esperando que o hábito se torne amor. A minha preocupação é justamente que o amor não se torne hábito. Freud explica tudo isso e muito mais. E achei que a moça tem um peitinho lindo, não é? Desculpe.

Não fale de "concessões vergonhosas" para atingir a massa. Eu sou uma das seis pessoas que vai ao cinema de arte para me satisfazer e talvez me aprimorar. Mas massa é outra coisa e eu tento aprender a sua linguagem.

Imagine *Jules e Jim* exibido no Maracanãzinho. Gargalhadas gerais. Cornudo! Dois chifrudos! Que mulher mais sem-vergonha!

Fui capaz de me emocionar ao máximo com o filme, mas, se quero falar à massa, a linguagem tem que ser outra. Esse é o grande mérito de *Zorba, o Grego*, atingir a massa e o cineclube. Entendeu?

A verdade é uma só, mas há várias maneiras de expressá-la. Pode ser em fotonovela ou filme de arte, depende de com quem você quiser falar.

Quer dizer que você "perde o dia conversando comigo"? Eu perco a vida, e ganho outra, conversando com você.

Todo meu amor e meus beijos,

De agora em diante, como você me chama,

Nelson Candido, que significa puro e sincero.

Roma, 11 de outubro de 1965

Minha adorada,

Pois é, já estou em Roma.

A viagem foi o máximo, de carro, pela Autostrada del Sole, cortando a paisagem da Toscana.

Agora assunto sério. Nem queria falar disso por carta porque qualquer mal-entendido pode ser fatal.

Os fatos: quando cheguei aqui, recebi uma carta de um amigo me contando que a Leninha está namorando, que ele a viu em um barzinho e ela estava toda de amores, de mãos dadas com o namoradinho.

"Mas, Nelson Candido, o que é que tem a Leninha namorar, você gosta de mim ou dela? Se não gosta mais dela, não tem com o que se preocupar, você gosta só da Ana Luisa, não é?", imaginando o que você diria.

Quando você fica com uma pessoa quase dois anos, são tantos momentos bons, é um mundo de recordações que as liga irremediavelmente. Não sei lhe explicar direito, uma espécie de ternura, de um injustificável sentimento de posse...

Desde que terminei com ela, nunca senti mais nada, estivemos juntos várias vezes... nada vezes nada.

Mas, nessas vezes, percebi que ela ainda gostava de mim e isso me entristeceu. Às vezes, ela me olhava e falava:

"Posso pegar na sua mão?"

Mesmo não a amando mais, minha vontade era sair correndo e chamando por você. É nessas horas que preciso mais de você, não para "me livrar da tentação da Leninha", mas para eu ficar menos triste, mais forte e superar os bons momentos que tive com novos bons momentos.

Quando ela pede para pegar na minha mão, não posso dizer:

"Não! Não pode. Esta mão é da Ana Luisa."

Não para uma pessoa formidável, que me aguentou tanto tempo, que viveu uma vida de alegrias e tristezas comigo. Muito triste ouvir uma pessoa a quem já pertencemos por inteiro pedir apenas para tocar a sua mão.

Quero que ela seja muito feliz, que namore e ame à vontade. Mas com você ao meu lado, me dizendo que sou seu e que você é minha.

Entenda, por favor. Mesmo quando o amor acaba, fica na gente uma porção de coisas até que outro amor, maior, se sobreponha. É claro que, quando terminei com ela, a sua falta foi grande, foi como se eu me sentisse meio incompleto. Mesmo sabendo que lá longe tem alguém que gosta muito de mim, a presença física é fundamental. Ver as coisas sozinho, ir ao cinema com amigos, ir à praia com amigos, é tudo muito chato, e essas conversas frias por carta não dão nem para começar.

Não é que nosso amor esteja em perigo. Eu nunca vou voltar para a Leninha. Você pode voltar quando quiser, estarei à sua espera, com essa tristeza pela sua falta acumulada dentro de mim.

Não tome como uma "chantagem sentimental", não sou disso. Se me angustiei e me entristeci, a responsabilidade é minha, a vida é isso também.

Mas não queria te aborrecer com essas coisas minhas, que eu inventei, talvez. Eu ainda me conheço pouco...

Vou saber esperar e vencer minhas inseguranças sozinho, e quando você voltar já vou estar de "alma limpa" e não vou ter outra coisa a lhe dar a não ser AMOR.

Todo amor e meus beijos,

Nelson Candido

Roma, 13 de outubro de 1965

Minha adorada linda,

Você não imagina como me sinto feliz por te amar tanto. Tenho a sensação de que estou dando meu amor a quem mais o merece.

Agora você me atingiu mesmo. E vai atingir sempre o que eu tenho de melhor quando me convidar para brincar de Orfeu e Eurídice (de Vinicius, mas sem tragédia), passear nos morros, nas praias, ficar olhando para você, falando de nada, andando até lugar nenhum.

Além do mais, você começa a adivinhar quando preciso ouvir "determinadas coisas". Mas não é sempre que preciso. E aí são ainda mais bem-vindas.

É tão bom ouvir tudo isso de você, logo agora que ando meio por baixo pela sua ausência. Mas mesmo longe você me dá confiança e força fantásticas. Obrigado.

Hoje estou tão emocionado que a mão começa a tremer, sinto um nó na garganta e uma dor forte do lado esquerdo do peito, onde você está. E fazendo força para não chorar. Já estou um homenzinho...

Amanhã estou voltando para o Brasil, ou para a China, Mônaco, para mais longe da minha amada. Eu quero você!

Agora é totalmente impossível continuar a escrever. Vou descansar um pouco e tentar mais tarde.

Mil beijos, amor.

Voltei. Alguns cigarros, aquele banho de banheira tranquilo... Enquanto isso, lá fora, Roma vai virando noite, lindíssima, digna de você.

Como você bem disse, nos entendemos às mil maravilhas pessoalmente, mas por carta, pouquíssimo. Corremos até o risco de brigar e acabar um amor lindo por causa de "dificuldades epistolares". Equívocos escritos levam dias e dias para serem desfeitos, enquanto, nos encontros pessoais, basta "aquela" olhadinha e pronto. Tudo claro.

Pensando em articular um manifesto de alunos da USP pedindo a volta imediata de seus mestres de Literatura e de Estética... com a filha junto.

Estou cansado de saber que você tem uma opinião própria, diversa da dos seus pais, sobre "certas coisas"...

E concordo com a ideia de você "despertar" minha inteligência, e eu, os seus sentimentos. A América sempre existiu, mas se não fosse Colombo...

Ah! Que bom que você acha minha inteligência igual à sua. *Grazie mille, signorina.* Você pode ser mais inteligente, culta, bonita, humana do que eu, desde que esteja perto. Como sinto você como uma parte de mim, é como se absorvesse esses seus dons maravilhosos. As partes que formam o todo, a teoria dos conjuntos, mas amorosa.

Estou falando todas essas bobagens para desviar do assunto realmente importante: qualquer ideia referente a "competição" deve ser imediatamente afastada. Dentro de nossas individualidades, somos "uma coisa só" quando olhamos juntos para a vida.

Ainda bem que você reconhece que "entrega" é um tema importantíssimo. Bom mesmo. Se entregue muito.

E também acho bom você começar a fazer um esforço para dar mais importância às pessoas. Todo mundo tem um pouco, um pouquinho, para dar. É assim que se fabricam as grandes solidões: com intolerância.

De um certo ponto de vista torto, esse seu desprezo pelas pessoas até me envaidece, me sinto o eleito, O tolerado... O irônico.

De cinema, vamos mais ou menos. *Les amoureux*, da Mai Zetterling, uma sueca audaciosa e inteligente, é sobre a independência da mulher, amor, sexo e neuroses. Muito bom. Veja para conversarmos bastante.

E *Alphaville*, hein? Godard está em forma. Um *noir* futurista, quem diria? A linguagem dele é puro estilo. Ana Karina é lindíssima. Ele também me diz que, por mais que a máquina "massacre" o homem, tirando inclusive sua liberdade, o amor vence. Vamos discutir muito na praia.

Milhões de beijos e todo amor do mundo,

Nelson Candido

Roma, 16 de outubro de 1965

Meu amor,

Pois é, vou embora hoje à noite.

Estou meio triste, meio contente, não sei bem dizer.

Meu quarto está invadido pelo sol. Parece até que você encomendou esse sol para me alegrar...

Ontem fui ao teatro ver o *Romeu e Julieta* do Zeffirelli e estou emocionado até agora. Que coisa! Lembrei de você a peça inteira. E olhe que são três atos em mais de quatro horas. A Julieta era você. Juro, meu amor! Igualzinha. Linda. Pequenininha. Dava uns abraços lindos e meio desajeitados no Romeu. E todo o jeito dela andar, falar, tudo igual a você. Eu bem que tentei me imaginar como Romeu, mas não deu, porque o ator (Giancarlo Giannini) era muito lindo. Fiquei meio com ciúme, me senti meio traído...

A Julieta (Ana Maria Guarneri) é uma das maiores atrizes que já vi atuar. Me fez chorar duas vezes. E a montagem, então, cenários luxuosos, fino artesanato italiano, os figurinos. Lhe digo com certeza: ontem passei a noite em Verona do Cinquecento.

E a música de Nino Rota! É tudo tão bonito, me comovi com aquela Julietinha tão criança (a personagem tem 14 anos), tão pura, tão corajosa, tão Ana Luisa... A atriz talvez tenha bem mais, mas nos convence de que tem 14 anos. A mágica do teatro.

E que maneira sensível o Zeffirelli encontrou para contar a tragédia. Atores maravilhosos, na tradição italiana, vou agradecer a vida inteira a eles.

O Zeffirelli já dirigiu cinco peças no Old Vic de Londres, foi assistente do Visconti e tem só 28 anos. É de Florença.

A beleza da inteligência me comove muito.

Tem uma hora em que a Julieta está esperando ansiosa notícias de Romeu e diz:

"As mensagens de amor deveriam ser transmitidas pelo pensamento."

Digo todo dia a mesma coisa.

Todo amor que existe e todos meus beijos para minha Julietinha,

Nelson Candido

Rio de Janeiro, 18 de outubro de 1965

Meu amor, minha adorada,

Por favor, venha o mais rápido que puder, porque minha tristeza e amargura são grandes. E a saudade, imensa.

Já lhe falei do caso da Leninha. Mas acontece que agora ela está namorando justamente um dos meus melhores amigos, que namorava uma das melhores amigas dela. Sem entrar no mérito de "quem foi mais mau-caráter dos dois", posso te dizer que agora, mais do que nunca, preciso de você.

Pelo amor de Deus, entenda, eu juro e tenho certeza de que amo só você e para sempre. Ela não significa nada vezes nada. Zero. Mas, mesmo não a querendo mais, venha logo porque eu sofro, amor.

É difícil entender, não?

Mas tenho uma confiança tão grande no meu amor por você, que tenho certeza de que ele vai te ajudar a entender.

Durante um bom tempo nós quatro saímos, ficamos e vivemos juntos. É duro passar pelos mesmos lugares em que estivemos juntos, só que agora com personagens trocados do drama. Ou da farsa. Mas, se você estivesse comigo, eu nem tomaria conhecimento de nada.

Com você junto de mim, nem precisa fazer nem dizer nada, só me dar a mão, sou capaz de conseguir qualquer coisa desse mundo, qualquer uma.

Vivi com você na Europa os melhores dias dos meus 20 anos de vida, a felicidade completa e a maior paz do mundo. Hoje estou de novo chateado, com raiva das coisas, neurótico, desnorteado, com o coração pequenininho, de saudade, da sua falta, de decepção. Meu único problema é você não estar aqui.

Acho que nem preciso lhe dizer que, se antes disso a Leninha já não me teria jamais, agora... só sinto um desprezo enorme. O que mais me dá raiva é que minha felicidade imensa, como eu nunca tive, possa ser manchada por um episódio tão pequeno e mesquinho.

Hoje falei com a Helô e contei tudo a ela, precisava desabafar, e ela entendeu muito bem. Por favor, amor, dê o máximo de si para entender a razão de minha amargura e saber do amor infinito que sinto.

Tudo isso somado a uma saudade enorme, a mil trabalhos para fazer, me colocam num clima absurdo e insuportável. E pensar que nove horas separam a minha felicidade completa e a amargura que, no fundo, eu sei, não tem muita razão de ser. Mas dói, dói no meu coração, eu queria ter só amor por você. Uma rápida olhadinha nos meus olhos, que são seus, e você entenderia tudo sem possibilidade de erro.

Eu sei, sou meio chato, excessivo, repetitivo...

Não procure analisar minha carta à luz da razão, mas do coração, e entenderá tudo.

Escrevo olhando para teu retrato, aquele feito pelo Rudge, e você está muito linda, olhando para mim e parecendo dizer "que bobo que você é, meu lindo..."

A saudade de você dói, digo fisicamente, no corpo todo.

Não sei se você notou uma coisa importantíssima. Dessa vez, na Europa, nosso amor adquiriu, pelo menos para mim, um caráter novo e distinto do que vivemos antes, passei a te ver como vital e definitiva para mim.

Digamos que eu quisesse fazer vestibular para Física Nuclear, tenho certeza de que passaria em primeiro lugar se você estivesse ao meu lado, nem precisaria me ajudar, ensinar ou dizer nada, só estar.

Eu me esforço tanto para dar o máximo em tudo que estou fazendo, mas você acrescenta um "mais" que eu nem sabia que tinha. Isso de decepcionar a quem se ama é muito sério. E eu sei que você espera muito de mim. Pode esperar porque vou lhe dar um dia tudo que você espera e precisa. Por enquanto, só posso lhe dar muito amor.

É tarde. Vou dormir. Estou triste, amor. Pense em mim.

Todo meu amor, meus beijos e o último restinho de alegria para você.

Boa noite,

Nelson Candido

Rio de Janeiro, 28 de outubro de 1965

Minha adorada,

Você, com suas manias de lucidez, raciocínio, lógica, de quem sabe tudo, entrou em um beco sem saída, me provocando uma tristeza quase tão grande como o amor que tenho. Imensíssima.

Egoísmo meu? Nunca. Depois de passar um ano brigando comigo mesmo, vivendo em um clima terrível que você nem imagina, eu consigo decidir MESMO que amo SÓ a você e para sempre, e você me vem com lucidezes. É bom saber que, desde que decidi por você, a Leninha continuou me amando e dando sopa. Como ama até hoje. Por mais declarações de amor que ela me fizesse, nunca me passou pela cabeça voltar para ela. Você não entendeu nada de nada, com toda sua inteligência lógica e brilhante.

Não entendeu o tom de palhaçada que envolve o caso. Ontem ela veio falar comigo e dizer que não era bem isso, que não estava namorando, que era mais uma amizade, que se faziam bem conversando um com o outro, que eu era muito bacana e mil besteiras. Será que você não entendeu o "golpe"? Ela pensava que ia me recuperar desse jeito, mas se deu mal, perdeu meu respeito e ainda ganhou meu desprezo. Foi desleal comigo e com a amiga. E nessa hora em que estou triste você me vem com deduções brilhantes e racionais tentando me provar que eu ainda gosto dela.

Não que eles se apaixonaram, ou descobriram um amor, isso se entenderia, mas foi pura provocação. Ele nunca achou graça nela, ela sempre o achou vaidoso e egoísta. Sabia das maldades que ele fez com a amiga, contribuiu para mais uma.

Você acha que eu TENTO me forçar a te amar? Muito triste que reduza meu amor a isso, acha que te amo porque você é mais útil para mim?

É ridículo você pensar que eu ainda tenho alguma coisa por ela. Minha escolha é absolutamente definitiva. Se eu levei um tempão para decidir, foi porque queria tomar uma decisão verdadeira e definitiva. Tomei.

Já te falei do amor egoísta, lembra? O prazer que dá o ato de amar alguém. É como se ele batesse em um objeto amado, um espelho em que nos vemos, e voltasse em forma de prazer e satisfação. Mas há também o amor que é dado e não volta de nenhuma forma, nem em reciprocidade, mas não deixa de ser amor. Eu amo o amor!

Qual seria a razão para me fazer crer que você é a única? Mentir para mim mesmo? Eu não uso isso, meu amor. Muito triste reduzir um amor tão grande e tão lindo a uma mentira para você e para mim mesmo.

Com sua carta professoral e "mais velha", você me deu a maior tristeza que já senti. E que não merecia. Pena ter sido logo você, a quem mais amo no mundo. Sei que foi com a melhor das intenções, sem querer.

"Coitado do NC, está tão confuso, tão infantil, tão bobo, que vou ajudá-lo com minha lógica, minha psicologia e meu grande conhecimento e experiência..."

Talvez eu tenha me expressado mal, mas você não entendeu uma linha da minha carta. Pegou os dados, processou-os e reduziu minha tristeza, meu desespero e meu amor a infantilidade, orgulho, egoísmo e autoengano.

O dramalhão ela-está-namorando-meu-amigo seria legal se fosse verdade, o que não é o caso. E eu ficaria com um vago sentimento de brinquedo perdido, mas minha alegria de vê-la feliz o superaria longe. O que dói e revolta é o tom de mentira e deslealdade de tudo.

Se eles se amassem e se admirassem muito, não seria um problema, mas uma solução. Reconheço as qualidades dos dois, mas agora descobri defeitos graves. Está se iniciando o segundo ato da farsa, como eu previa. Se ela queria mudar meu comportamento, conseguiu, mas pelo oposto do que queria. Não me imagino agora nem mesmo amigo dela.

É claro que o fato de eu namorar as duas ao mesmo tempo nunca foi certo. Mas eu realmente amava as duas, e sofria por isso como você nem imagina.

Você fala em ciúme... Se olhasse um segundo para mim, morreria de rir. Mas por quê? Se eu...

> "sou amigo do rei,
> tenho a mulher que eu quero,
> na cama que escolherei..."

Eu não quero saber de nada, tenho tudo que quero, tenho você, a mulher mais bonita, inteligente, das pernas mais bonitas, da cintura mais fina, que é irmã, amiga e companheira.

Vou lhe contar uma historinha que aconteceu depois que eu cheguei. Não precisaria lhe contar, mas sua desconfiança sobre o meu amor exige.

Encontrei num bar uma moça muito bonita, tomamos uns drinques e, conversa vai, conversa vem, dormi com ela. Por pura diversão. Para distrair da tensão. Mas, depois, senti uma grande tristeza e revolta comigo, fiquei arrasado, me achando o fim, apesar da garota não significar nada para mim nem eu para ela, mal lembrava o nome dela. Pedi um milhão de desculpas a você, fiquei louco de raiva de mim...

Isto lhe dá ideia do estado de confusão e paixão em que estou, e você acha que digo tudo isso para me autossugestionar que te amo...

Quando você fala da "duvidazinha diaba dançando por cima da sua cabeça – mas será que não gosto mais mesmo...", isso só mostra, para minha tristeza, que você nunca teve a verdadeira dimensão do meu amor. Não existe, nem nunca existiu, dúvida em relação a isso. Você é a mulher que vai me acompanhar sempre, que é mais importante do que qualquer coisa, principalmente qualquer mulher.

Sim, minha atitude está longe de ser bonita, mas não estou brigado com ninguém. Amanhã é meu aniversário, tem uma festa aqui em casa e convidei os dois, mas não sei se virão.

A festa vai ser maravilhosa, animada, estarei contente... e essa sua carta foi um presente muito bom... que ironia. Sim, estou amargo, triste, como você não pode imaginar.

Você diz: "Ninguém traiu nada, não, as coisas mudaram." Mas traíram, sim – um mundo de lembranças bonitas. Tudo mudou, mas não para voltar ao que era, e desse jeito.

E ainda termina com um toque de admirável perspicácia: "Você AINDA gosta dela e AINDA está muito imaturo."

A COISA MAIS IMPOSSÍVEL DO MUNDO É EU VOLTAR A GOSTAR DELA. Posso, talvez, um dia, até gostar de outra mulher, mas ela é carta fora do baralho. Há um bom tempo.

E logo quem vem me dizer que ainda estou MUITO imaturo... Se você tivesse ao menos ideia do que é um amor adulto, maduro e consciente. Se você acha que eu ainda gosto dela, e se gosta mesmo de mim, seu papel seria de me ligar o máximo a você e apagar de minha memória tudo dela.

Com esse seu jeito professoral, você não ajuda nada a tornar nosso amor maior, maior do que tudo.

Essa escolha "qual das duas" deixou de existir há muito tempo, você sabe. Passo um ano longe de você, te amando apaixonadamente à distância, faço a loucura total de faltar um mês de aulas para ir à Europa com meus pais, estou de segunda época em Matemática, para ficar seis dias com você? Qual das duas?

Minha filosofia do "minuto presente" continua ativa, só que todos os meus minutos são seus. E você não sabe como machuca com essas bobagens de "é possível que ela seja muito melhor para você".

E se fosse, e daí? Sou eu que decido o que quero. E quero dar meu amor a você, que sei que precisa de mim. Se ela for melhor ou pior do que você, não muda nada. Jogue fora seus livros de psicologia e lógica e se entregue ao amor.

Você sabe que tudo que não quero é uma dona de casa linda e loura vivendo exclusivamente para mim.

Também não quero uma mulher parecida com minha mãe. E eu lá sou Édipo? Não quero ter casa parecida com casa nenhuma, quero minha casa e minha mulher: você.

E você, numa hora em que queria só a sua mão, me vem incorporada do personagem "Ana Francisca", muito amigavelmente, muito bondosinha, mas que vá pro quinto dos infernos. Quero minha Ana Luisa, com todos os seus óculos (metafóricos), e só ela.

"Não quero dar a impressão de que te abandonei nessa hora tão trágica"? Mas não pedi a sua piedade nem nada disso. Pedi só amor.

Você me achou meio meninão demais, pois o teu meninão tem um amor adulto por uma menininha muito boba e linda que ainda não conhece nada do amor e pensa que sabe tudo.

Essa sua carta agora está presidindo minha coleção de tristezas, por ter sido logo você. Enquanto você não tirar esses malditos óculos (metafóricos), será incapaz de enxergar qualquer coisa.

Mas vai chegar o dia em que nós poderemos conversar horas sem dizer uma palavra. Me ajude, amor.

Nelson Candido

Rio de Janeiro, 5 de novembro de 1965

Minha adorada,

Por que demorei tanto a escrever? Estava pensando.

Não se assuste, eu não estava pensando nada sobre "a conveniência de amar ou não Ana Luisa". Estava meditando sobre a linda, boba e pensa-que-sabe-tudo Ana Luisa.

Sabe que você me preocupa um bocado? Como namorada, como pessoa e como amiga. Vive muito desligada da realidade de cada dia. (Sei que você vai dizer "sou consciente, participante, atuante, e que, além de tudo, o dia a dia é cheio de vulgaridades".)

Tudo que andei pensando esses dias foi motivado pela sua reação diante de minha tristeza e desapontamento com o "romance proibido" da Leninha.

Mais uma vez ficou provado que você pode conhecer lógica, psicologia, ciências claras e ocultas, mas gente conheço eu. É uma grande vantagem conhecer gente? Não, é o normal, todo mundo conhece. E isso se faz convivendo, dando valor, entendendo e amando pessoas. Não é analisando cheia de óculos e desprezando os acontecimentos e atitudes.

Encerrando definitivamente a questão: o "romance proibido" da Leninha acabou, durou duas semanas. Ele já está com outra.

Dia: meu aniversário.

Local: escritório da minha casa.

Cena: NC e L conversam animadamente como se nada tivesse acontecido. Dori tocando músicas lindas no violão. Retratos de Ana Luisa ao fundo. De repente, não mais que de repente, L começa a chorar, Dori para de tocar e sai. Os dois ficam sós.

NC — O que é que há com você?

L (chorando) — Nada... nada...

NC — Por que está chorando?

L — Não posso dizer, não me pergunte, por favor.

NC — Mas fale, continuo seu amigo, não chore não.

L — Não posso, eu não tenho o direito...

NC — Mas do quê?

L — De dizer que eu te adoro.

Corta.

Tudo dentro do previsto, ou C.Q.D., como queríamos demonstrar.

Resultado do que nos foi imposto, ou absorvemos por vontade de pais, amigos, história, livros, filmes...

Durante muito tempo, me martirizei com esta pergunta: o que, de tudo isso, é realmente meu?

As conclusões me espantaram e pareceram terríveis, mas consegui me definir perante a mim mesmo.

Influências são normais e úteis, aceitar sem discutir é outra coisa.

Estou chato, não? Com vários óculos de professor. Só que os meus também servem para ir à praia porque são escuros...

Estou muito preocupado com você, minha linda. Todos esses episódios recentes serviram para mostrar que meu amor por você é grande mesmo.

Analisemos, como você gosta, a situação:

Estou sozinho no Rio, triste e decepcionado, evitando os amigos e amigas que traziam lembranças desagradáveis dela, e pensava, bom, mas eu tenho minha amadinha parisiense, que me ama à distância. Tem sido minha tábua de salvação.

"Oba! Carta da minha adorada! Uma banana para o resto, estou com um dia de alegria garantido!"

E aí vem aquele discurso cheio de métodos e análises e besteiras, justo na hora em que qualquer coisa além de "te amo" seria supérfluo...

E estou eu aqui, com 21 anos, chorando feito um bobo, me sentindo o mais sozinho e incompreendido dos homens...

Nesse clima todo, pouco tempo depois, Leninha aparece chorando com promessas de amor infinito. E ela não é uma boba despersonalizada, sabe o que quer. Está séria, preocupada com coisas importantes, estudando, bem diferente da que era quando a conheci e comecei a namorar. Hoje, para mim, ela é uma garota quase perfeita. Também tinha o ciúme, natural, não nego, pelos dois anos que passamos juntos...

Tive a oportunidade, segundo você, de alimentar fartamente o meu "orgulho ferido"...

Tudo contribuía para que um grande equívoco se consumasse. Resultado final: mil a zero para Ana Luisa.

Ou é muito amor mesmo, ou talvez seja autossugestão...

Se estou triste com você? Sim, e muito, porque te amo e por isso talvez esteja triste com você.

Conversando com ela depois, tentei convencê-la de que ela não gosta mais de mim, tem por mim o que tenho por ela, só que eu já encontrei o meu amor lindo e ela ainda não. Vai encontrar, espero.

> "Amar o perdido
> deixa confundido
> este coração.
>
> Nada pode o olvido
> contra o sem sentido
> apelo do Não.
>
> As coisas tangíveis
> tornam-se insensíveis
> à palma da mão.
>
> Mas as coisas findas,
> muito mais que lindas,
> essas ficarão."

Veja como as coisas são engraçadas. Como eu não tinha o livro do Drummond com esse poema e não o sabia de cor, lembrei de uma carta sua em que ele estava devidamente analisado:

"Repare só na secura, na pureza, no estilo lapidar"...

Veja como olhamos a mesma coisa por ângulos completamente diferentes. Será que você entendeu bem o poema, sentiu? Suas experiências com sentimentos são teóricas...

Você sempre diz que é preciso ler, estudar, pesquisar para gozar as coisas boas em sua plenitude. Muito certo, mas...

Quem gozou em sua plenitude o poema do Drummond? Eu ou você, minha linda? Você pode fazer só o juízo crítico, mas a mensagem de um ser humano para outro só pode ser apreendida pelos que já sentiram algo parecido, esses entendem mais, e mais amam o poema.

Já sei que você vai dizer: "Mas eu sou assim, se me quiser é assim mesmo, as pessoas podem mudar até certo ponto, porém a essência é imutável..."

Mas será que você é assim mesmo? Já pensou alguma vez no que é realmente seu, e o que lhe foi imposto? Não no sentido de obrigada ou coagida, mas de aceito sem muitas perguntas, meio de graça. Ando seriamente desconfiado do que seja realmente a sua essência.

Também ando muito decepcionado com governantes, congressistas e um povo sem fibra. E com as esquerdas também... sua falta de perspectivas e de ação. A esquerda festiva que se transforma em comercial...

E a sua "esquerda requintada", como vai?

Milhões de desculpas por uma carta tão chata e agressiva. É que gosto demais de você e te quero a mulher mais bacana do mundo. Falta pouco.

Você volta loguíssimo, né?

Milhões de beijos e todo amor,

Nelson Candido

Rio de Janeiro, 18 de novembro de 1965

Minha linda,

Desculpe a demora de um dia para te responder, mas estou escrevendo letras para o Dori e é muito difícil. Ele é um compositor maravilhoso, muito adiante do tempo, complexo, elaborado, mas com aquele toque baiano, afinal é carioca, mas filho do Dorival, a Bahia em pessoa. A música para a qual estou escrevendo é meio impressionista, e que letra colocar em um clima, um ambiente, um cenário assim? Se você define as impressões, elas deixam de ser...

Ontem foi a abertura da conferência da OEA, representantes de todos os países das Américas, no Hotel Glória. Era uma boa oportunidade para mostrar às Américas o atual estado das coisas, de envergonhar Castello Branco diante dos outros delegados, inclusive o secretário de Estado americano, Dean Rusk. Pois imagine que apareceram sete homens com uma faixa "Liberdade e democracia". E foram todos presos: Glauber Rocha, Thiago de Mello, Joaquim Pedro de Andrade, Carlos Heitor Cony, Márcio Moreira Alves, Mário Carneiro, Antonio Callado e Jaime de Azevedo Rodrigues.

Concordando ou não, não há como não admirar uma atitude dessas pessoas, pela honestidade, coragem, coerência, considerando que raramente eles são vistos em festas, uisquinho, Castelinho, Arpoador etc.

E as esquerdas também foram protestar, na praia... Ando de saco cheio desses mentirosos, desonestos, dessa esquerda festiva irresponsável brincando com coisas sérias. Protestar com letras de música feitas entre dois uísques e algumas bolinações em cabeludas neuróticas de calça Lee é fácil. Difícil é o que o Cony e os outros fizeram, sabiam que iriam ser presos, como foram. Diálogos possíveis em uma festa em Ipanema:

— Que fossa, hein? Vamos fazer uma música em homenagem aos presos.

— Boa ideia. A Nara pode gravar.

— Nara não pode, vai casar com um diplomata, o Zoza Médicis, e vai morar em Nova York.

— Então o Zé Kéti grava. A gente promove uma manifestação na Estudantina. Vai vender pra burro.

— E a festa de hoje, onde é?

Não estou generalizando a atitude de alguns, mas é que parece ser uma maioria e não minoria, como se pensa. Ando muito triste e desapontado com esse povo. Essa bosta de povo, desculpe a vulgaridade, mas o caso exige.

Eu posso ser educado, mas tenho o direito de achar Picasso uma droga, e virgindade uma burrice. Gostar ou não gostar, aceitar ou não, ser independente ou não, eis a questão.

Desculpe, amor, mas acho que você não vai gostar nada disso, mas... Você está com uma linguagem tão pedante, tão sofisticada, que às vezes chega a me irritar. Se pode dizer as coisas de uma forma mais simples, por que esse rebuscamento de jovem intelectual do início do século? Você não era assim, melhore seu espírito, sim, mas não piore a sua comunicação. Depois lhe explico.

Pode ser muita audácia e pretensão minha, mas acho que sua educação deu meio errado. O que me preocupa é que, mesmo sabendo disso, você nada faz para melhorá-la, passa a chamar de individualidade específica, que nasceu com você. Mas é mentira, né ?

A respeito de purezas. Muito bonitos os seus ideais medievais, mas não têm a ver comigo, com minha coerência. Achar certo dormir com uma moça antes de casar implica aceitar casar com alguma outra que já dormiu com outros. De fato, talvez eu seja mesmo puro dentro de minha impureza...

Quanto a seus projetos de estudar filosofia, acho ótimos, mas, como muita coisa sua, considero esse projeto utópico.

Às vezes, acho que você esquece que acabei de fazer 21 anos e tenho que estudar Design, que tenho que trabalhar, ganhar dinheiro, é muito feio um homem da minha idade viver "às expensas" de alguém, tenho mil coisas pequenas, mesquinhas e cotidianas a cumprir. Linda, você.

Pena que ainda não ouviu os discos que lhe dei, Edu Lobo e a trilha sonora de *Deus e o diabo na terra do sol*, que você olha todo dia e não coloca na vitrola. Eles estão totalmente virgens, e quando tocarem vão gastando aos poucos, vão ficando arranhados, com o som distorcido... mas serão sempre ouvidos com prazer.

Um lugar para você morar no Rio? Esse negócio de pensionato para moças é muito chato, cheio de horários e restrições. As outras soluções são bem mais caras. Um apartamento de quarto e sala conjugados, 150 contos em Copacabana. Também dá pé você morar com uma amiga, rachando as despesas.

Ou na minha "garçonnière", se eu tivesse uma...

"Deixe de ser vulgar e grosseiro, seu Nelson Candido!"

Acho que o melhor, mais cômodo e mais barato é mesmo ficar com a sua querida tia Lélia, com empregada, telefone, confortos e algumas pequenas chateações.

Milhões de beijos,

Nelson Candido

Rio de Janeiro, 14 de dezembro de 1965

Ana Luisa linda,

E agora? Como lhe escrever? O que lhe dizer?

Não lhe escrevi esse tempo todo, confesso, por falta de coragem. Estava achando que era meu dever te amar, enquanto e o quanto pudesse. Você é tão bacana, foi tão maravilhosa comigo e me ajudou tanto, que fiquei meio envergonhado de ter deixado meu amor escapar de você. Imagino que você também sinta isso; aliás, tenho quase certeza.

Fiquei criando coragem para lhe escrever e não deixar morrer assim, em cova rasa, o que para mim merece e merecerá sempre um lugar privilegiado entre as minhas melhores lembranças. Queria que você ficasse para sempre com uma ideia boa de mim, a ideia que um dia fez de mim. Vou guardar para sempre sua imagem de uma mulher lindíssima e maravilhosa que me fez tão feliz – e eu, burro e de carne fraca, não consegui manter a felicidade de te amar.

Ah, por carta essas coisas são tão difíceis... mas talvez escrevendo se possa organizar melhor os pensamentos.

Você pode estar achando que eu sou meio maluco, ou mentiroso, ou imaturo mesmo. O cara me escreve uma carta daquelas e quinze dias depois o amor dele desaparece, será que era tudo mentira? Ou invenção?

Juro que tudo que lhe disse foi sempre VERDADE, e você pode me acusar apenas de ter um coração meio bobo, facilmente apaixonável.

Também espero que não esteja achando meio ridículo esse monte de coisas que estou dizendo.

"Que bobagem", vai pensar, "para que escrever tanta coisa, deixou de amar, deixou, pronto, não tem mais nada a dizer. Meio ridículo esse Nelson Candido..."

Talvez um dia possamos falar do que aconteceu, como e por que aconteceu, e talvez tirar alguma experiência disso tudo, como eu tirei.

Não quero em momento algum te acusar de nada, falo apenas para você se orientar melhor em suas experiências futuras. Mas, sabe, minha linda, você me falhou na hora que eu mais precisava, e isso foi praticamente fatal. Fiquei me sentindo absolutamente só, a zero. E agora?

Também não devo ter correspondido aos ideais de homem que você tinha. Sei lá, eu poderia ter uma vida mais espiritual, pensar menos no corpo, ter mais idealismo, uma escala de valores menos esquisita, sei lá, sabe você.

Devo lhe dizer também, e talvez isso te faça feliz, que o tempo que estivemos juntos na Europa foram os dias mais felizes de que tenho lembrança. *Merci, ma belle.*

Pode ser que a essas horas você já esteja apaixonada por alguém e pode estar achando toda essa conversa meio sem sentido. Quero só preservar em você e em mim uma lembrança boa, e, se você não entende, algum dia vai entender o valor da lembrança. Camus entendia muito disso, converse com ele.

Depois nós vamos conversar muito quando você chegar, não é? Por favor, me escreva.

E, embora eu não seja mais o seu "lindíssimo", você é e vai ser sempre, queira ou não, a minha linda Ana Luisa.

Um beijo, que pode ser de amigo, ou simplesmente recusado.

Nelson Candido

Fim

Rio de Janeiro, Lisboa e Porto Alegre, 2022/23

Epílogo

O final do romance, tanto o amoroso quanto o literário, foi meio brusco, mas previsível. Na hora de decidir entre acabar com Ana Luisa e ficar com Leninha, ou o contrário, a voz da carne falou mais alto. Com 21 anos de testosterona explodindo, a vida sexual com Leninha era intensa e gostosa, com as descobertas dos prazeres do corpo e de um romance amoroso, vivido em sua plenitude.

O sexo fazia toda a diferença. Não queria perder Leninha nem trocá-la por Ana Luisa. Ou ela ou eu, era o que Leninha dizia sem dizer, mas nunca ficou tão claro, depois de um ano de idas e vindas, mentiras e enganos, e juras e promessas juvenis; havia muito amor ali, havíamos passado por muita coisa juntos. E o sexo...

As expectativas sexuais, mesmo as mínimas, com Ana Luisa, eram próximas de zero. Como dizia Renato, às gargalhadas: "Só casando." E completava: "Na igreja dos puritanos, sexo só para a procriação."

Eu não queria casar com ninguém e não via futuro no romance amoroso com Ana Luisa, mas vi, sim, a conclusão de uma história de amor vivida como um romance, mas literário, em que, na ânsia de experimentar emoções intensas, se misturam sentimentos reais com invenções românticas.

Na ESDI, reencontrei-a com a naturalidade possível. Trabalhávamos juntos, éramos da mesma classe, mas não me sentia confortável com ela e me preocupava com o que pensava de mim, que juízo fazia de meus eventuais talentos.

Um último episódio do tempo em que fomos colegas: no início de 1968, fundamos, contra o estatuto da Escola, o Centro Acadêmico, e fui eleito o primeiro presidente. A política fervia. Nos dias que antecederam a Passeata dos Cem Mil, fui acordado por Ana Luisa às 10 da manhã, na casa dos meus pais, pessoalmente. Saí do quarto estremunhado, tinha ido dormir alta madrugada, depois da ronda pelos bares do Beco das Garrafas, em Copacabana, e fiquei meio assustado com sua presença ali. E ela séria, muito séria. Eu tinha que ir imediatamente até a ESDI para, como presidente do diretório acadêmico, decretar que estávamos em greve, seguindo outras faculdades. Foi a última vez que fui à Escola.

Seduzido pelas aulas do professor Zuenir Ventura, fui fazer um estágio no *Jornal do Brasil*. Três meses depois, era contratado e abandonava a ESDI para ser jornalista e letrista de música. Eu e meu parceiro, Dori Caymmi, ganhamos o I Festival Internacional da Canção com "Saveiros". Levei uma vida fervilhante entre o mundo jornalístico e os eventos musicais; tinha salário, carteira assinada, a vida pela frente.

Ana Luisa seguiu aluna esforçada e brilhante, se formando entre as melhores da turma. E encontrou no talentoso diretor e montador de cinema Eduardo, filho de amigos da família, o seu verdadeiro grande amor.

Eu segui carreira como compositor e jornalista, em jornais e televisões, mas só na maturidade me tornei escritor de biografias, memórias, romances.

No romance da vida real, me casei cinco vezes e tive três filhas. Ana Luisa segue casada com Eduardo e tiveram duas filhas. Uma delas foi amiga próxima de uma das minhas filhas, no período em que morou conosco em Nova York, nos anos 1990.

Só aos 60 anos escrevi meu primeiro romance, de uma série de três. Ana Luisa fez carreira de designer e criou sua própria editora, mas só na maturidade se tornou escritora, com três romances respeitados e premiados.

Meus romances fizeram sucesso popular, eram pop, um até virou minissérie de televisão. Mas nunca tive grandes ambições "literárias", sempre quis escrever bem, para contar boas histórias, para divertir e emocionar o público – livros em que se misturam o real e o inventado, o que os sentimentos imaginam e o pensamento organiza e realiza em forma de ficção.

Este livro foi composto na tipografia Minion Pro,
em corpo 11,5/16, e impresso em
papel off-white no Sistema Cameron da
Divisão Gráfica da Distribuidora Record.